北朝陇西李氏家族与文学研究

周忠强 著

中国纺织出版社有限公司

图书在版编目（CIP）数据

北朝陇西李氏家族与文学研究 / 周忠强著 . -- 北京：中国纺织出版社有限公司，2023.9

ISBN 978-7-5229-1038-3

Ⅰ . ①北… Ⅱ . ①周… Ⅲ . ①中国文学—古典文学研究 Ⅳ . ①I206.2

中国国家版本馆 CIP 数据核字（2023）第 179802 号

责任编辑：舒文慧　　责任校对：寇晨晨　　责任印制：王艳丽

中国纺织出版社有限公司出版发行

地址：北京市朝阳区百子湾东里 A407 号楼　邮政编码：100124

销售电话：010—67004422　传真：010—87155801

http: //www.c-textilep.com

中国纺织出版社天猫旗舰店

官方微博 http://weibo.com/2119887771

三河市宏盛印务有限公司印刷　各地新华书店经销

2023 年 9 月第 1 版第 1 次印刷

开本：710 × 1000　1/16　印张：9.25

字数：132 千字　定价：68.00 元

前言

本书系2022年度甘肃省社科规划项目“出土文献与中古陇西李氏文学家族研究”（项目编号2022YB053）阶段成果，主要集中于对北朝陇西李氏家族的系统研究。目前，综合学术界的研究成果来看，中古世家大族的个案研究日益受到中外学者的重视，但是与北朝陇西李氏相关的系统研究成果相对较少。故本书是在前人的研究基础上，以陇西李氏文学活动为中心进行考察，希望通过对李氏家族发展脉络的系统梳理，探究北朝制度嬗替、社会演变、文学发展的内在原因，并加深对北朝民族融合、南北交流、中西交往的认识。在研究中主要采用传世文献与出土材料相结合的研究方法，充分结合时代背景探索，进行实地调查，以期深入了解北朝先民的生活与精神世界。希望通过此项研究，为新时期中古文史研究贡献一份心力。

同秦、隋一样，北魏也是中国历史上一个承前启后、继往开来的王朝，没有北魏王朝的奠基与开拓之功，很难想象会有后来大唐盛世的出现。无论是典章制度、社会结构，抑或衣冠文物、习俗好尚，北魏对唐朝的影响是全方位的。与秦、隋这两个“短命”王朝相比，北魏作为少数民族建立的王朝，统治中国北方达百余年，疆域辽阔，社会稳定，经济发展，丝路畅通。作为中国历史上一个极为关键的历史阶段，对北魏乃至北朝进行专项研究，有着重要的意义。关于北魏王朝政治兴衰与制度嬗变，长期以来，前辈学者都对此给予了充分的关注，影响巨大，成就卓越。

众所周知，孝文帝太和改制是实现北魏社会发展历史性跨越的关键举措，而实际上，改革的成功正是汉化中的鲜卑贵族和北方汉族高门合作支持的结果。陇西李氏的代表人物李冲，身为孝文帝最为倚重的大臣，就曾在推进汉化的过程中发挥了重要作用。因此，考察陇西李氏一族在北朝的发展轨迹，及其对于改革的贡献，对于我们认识北朝制度演变和社会发展，具有不容忽视的价值。比较而言，学界对于北朝世家大族清河崔氏、范阳卢氏、太原王氏、荥阳郑氏、弘农杨氏等的研究较为充分，而对陇西李氏家族的认识则相对笼统和模糊。

由于陇西李氏，支脉分散，家族庞大，所以有广义和狭义的区别。广义的陇西李氏，即包括秦汉以来源出陇西狄道的李姓宗族成员。本书为研究及行文的方便，取狭义的概念，所谓的北朝陇西李氏家族，特指西凉李暠之孙李宝一系。

陈寅恪先生在《隋唐制度渊源略论稿》（三联书店 2001 年版）中就曾指出："西晋永嘉之乱，中原魏晋以降之文化转移保存于凉州一隅，至北魏取凉州，而河西文化遂输入于魏，其后北魏孝文、宣武两代所制定之典章制度遂深受其影响。"陈先生认为，北魏文化上承十六国而来，尤其是河西地区，对于北魏的文化建设影响巨大。十六国时期，在河西诸政权中，前凉、西凉的建立者张轨、李暠本是汉族世家，故汉风不坠；后凉、南凉、北凉统治者虽然不是汉族，但他们都仰慕汉族文化，重用士人，故汉族传统文化在此传承不歇。陇西李氏本为文学世家，早在入魏之前的十六国时期，西凉李暠就以文学才华知名于世，据《晋书》本传记载，李暠"通涉经史，尤善文义"，今尚存其文学作品《述志赋》等。李暠执政后，振兴文教，优待文士。一时群英齐集敦煌，形成了以敦煌为中心的"五凉文化"的兴盛气象。

李宝归附北魏后，陇西李氏社会地位逐渐上升。至李暠曾孙李冲时，声望达于顶峰，"为当世盛门"（《魏书·李宝传》）。钱穆先生《略论魏晋南北朝学术与当时门弟之关系》［《中国学术思想史论丛》（三），三联书店 2009 年版］曾指出："魏晋南北朝时代的一切学术文化必以当时门弟作中心而始有其解答。当时的学术文化，可谓莫不寄存于门弟中，由于门弟之护持而传习不断，亦因门弟之培育，而得有生长有发展。"陇西李氏家学深厚，李氏子弟大多行为端庄，重视礼教，顾念亲情。出则身为民范，入则恭谨自守，好学笃行，声誉卓著。他们积极投身于北朝制度建设与文化建设，在推进汉化过程中发挥了关键作用。李冲及诸兄弟子侄为文重视实用，风格质朴，今尚有部分散体文章传世。李氏不仅与北魏皇室通婚，还与诸山东高门士族结成错综复杂的姻戚关系。从史志记载可知，陇西李氏联姻对象有元魏宗室、清河崔氏、范阳卢氏、荥阳郑氏、巨鹿魏氏等，如郑道昭、魏收等文学家，其家族皆与陇西李氏结亲。因此，考察陇西李氏与其他高门氏族的联姻关系，有助于加强对于陇西李氏作为学术世家的理解，并进一步深化对北朝作家个人经历与文学活动的认识。

除传世文献之外，北朝遗存下来相当数量的金石材料，如墓志、碑文、造像记等，其中含有丰富的历史信息和时代内涵，足资证史。陇西李氏经过北朝的盛衰，到隋唐之时，达到它名望上的隆盛阶段。因李唐王室自称出自陇西李氏，故在贞观年间修《氏族志》时，陇西李氏被列为第一等。近年在西安、洛阳发现的唐代皇室墓志中，墓主都自称是陇西狄道人。现存北朝陇西李氏家族墓志二十余方，有必要结合正史记载，考辨源流，论定谱系，分辨真伪，对其家族发展脉络进行梳理。

此外，与传统史学主要着眼于王朝政治兴衰与制度嬗变不同，社会学、图像学、形象史学等新兴学科更为关注作为普通个体的社会生活与精神世界，这为我们研究北朝历史提供了新的角度。在北方诸王朝统治之下，国内民族空前融合，中西文化交流频繁，这一时期的社会生活与两汉时期相比，无论是衣食住行，还是婚丧节庆，乃至宗教信仰，都表现出以汉族文化为主，兼收并蓄国内少数民族文化和外来文化的面貌，具有十分鲜明的开放融合的特点。北朝先民丰富多彩、蔚为壮观的社会生活，直接影响了隋唐乃至以后的中国社会。

与本书相关的今人研究成果，可资参考的主要有以下一些。

从文化背景立论，曹道衡先生《中古文学史论文集》（中华书局2002年版）和《中古文学史论文集续编》（中华书局 2011 年版）有几篇文章都涉及北朝学术传承问题，如《试论北朝河朔地区的学术和文艺》《北朝黄河以南地区的学术与文化》《西魏北周时代的关陇学术与文化》。曹先生认为，南北朝时代南北两地的学风不同，其原因可上溯到东汉中后期。南北学术文艺形成巨大差异的原因是多方面的，而双方所继承的不同传统则是其中最重要的因素。南方的学术，是中原士人南渡后和江南士人共同创造的结果。北方由于战乱，人们长期聚居“坞壁”之中，学术相对滞后，到了北朝后期，水平有了较快地提高。曹先生文中将北朝学术情况分为前、中、后三期，区别对待，使我们对北朝学术与文化发展的认识更加细化和深入。

赵雷《坞堡的社会组织形式对北朝学术、士风及文学的影响》（《社会科学辑刊》2007年第6期）从“坞堡”或“坞壁”这一特定的社会组织形式入手，探讨它对北朝学术、士风、文风的影响，并从保护与制约汉文化两个方面展开论述。邵正坤《试论北朝以传承儒学为主的家学及其嬗变》（《孔子研究》2008年第3期），指出北朝家学的发展趋势，是由父祖、子孙世代相承开始朝文武兼修、儒玄并用、兼综儒释道的方向演进。

至于世族研究方面，陈爽《世家大族与北朝政治》（中国社会科学出版社1998年版）从北魏皇权的发展和鲜卑贵族与汉族士人力量消长这一历史背景着眼，以北魏孝文帝“分定姓族”这一历史事件作为研究的切入点，通过对范阳卢氏、太原王氏、荥阳郑氏等大族的实证性个案研究，进而揭示北朝世家大族的演进历程及其对北朝隋唐政治的影响。是著涉及范阳卢氏、太原王氏、荥阳郑氏与其他关东豪族，对陇西李氏着墨不多。具体到个案研究，伊佩霞《早期中华帝国的贵族家庭：博陵崔氏个案研究》（上海古籍出版社2011年版）、周松征《魏晋隋唐间的河东裴氏》（山西教育出版社2000年版）、夏炎《中古世家大族清河崔氏研究》（天津古籍出版社2004年版）等，对本论题的写作，都具有一定的参考价值。

社会生活史方面，朱大渭等《魏晋南北朝社会生活史》（修订本）已于2005年出版。《魏晋南北朝社会生活史》（中国社会科学出版社2005年版）一书从衣食住行、婚丧嫁娶、节日娱乐、教育医药、信仰崇拜等几个大的方面，对魏晋南北朝时期的社会生活进行了较为全面的叙述。针对南北朝时期中外交流这一问题，沈福伟《中西文化交流史》（上海人民出版社2014年版）有专章进行论述，张国刚《中西文化关系史》（高等教育出版社2006年版）从交通、物产、宗教三个方面对汉唐时期的中西文化交流进行研究。林梅村的《汉唐西域与中国文明》（文物出版社1998年版），是一部探讨西域文明和中西文化交流的专集。荣新江《中古中国与外来文明》（三联书店2001年版），则以较多篇幅探讨了中古粟特人的历史及其对东西文化交流的贡献。郑岩《魏晋南北朝壁画墓研究》（文物出版社2002年版）对魏晋南北朝壁画资料进行了全面整理，结合典型图像，讨论了不同区域间文化的互动关系，以及外来文化影响下内地丧葬美术所发生的变化。该著对于探讨甘肃酒泉丁家闸李暠王陵、宁夏固原李贤家族墓等相关问题，进而建构特殊时代真实生动的“文化原境”，提供了一系列基本材料。

在文学、文献研究方面，曹道衡、沈玉成两位先生合著的《南北朝文学史》（人民文学出版社 1991 年版），条理清晰，材料翔实，其中的部分章节论述了南北朝时代北方文学的发展情况，及其与南方文学的差别，并对造成这一差别的历史原因进行分析。曹先生书中将北朝文学分为不同时期并区别对待的做法，对我们认识北朝陇西李氏家族政治生活与文学活动的演变，具有极大的启发意义。曹道衡先生、刘跃进先生《南北朝文学编年史》（人民文学出版社 2000 年版），是著北朝部分侧重于相关的史料考证、文学编年，用力甚勤，态度严谨，为后来者的进一步研究提供了坚实的基础。吴先宁《北朝文化特质与文学进程》（东方出版社 1997 年版）从门第入手，在与南朝士族的对比当中，具体地考察北朝士族的处境和心态，考察南北文化交流之中他们的取舍，并在此基础上描述北朝文学发展的线索和它的精神，并力图展现出北朝文学的整体图景。是书关于“北方文风”内涵和性质的具体结论，为本论题的家族文学研究提供了借鉴。高人雄《北朝民族文学叙论》对北朝民族文学作了全景式扫描，深入剖析了北朝民族文学对中国文学的贡献与影响。该著的某些研究视角和研究方法，如从北方战争文化背景中考察文学问题，从国际交往以及不同地域与民族间的相互影响中考察文学问题等，也具有一定的范式意义。此外，赵超《汉魏南北朝墓志汇编》（天津古籍出版社 1992 年版）、罗新与叶炜所著《新出魏晋南北朝墓志疏证》（修订本，中华书局 2016 年版），这两部书为利用墓志资料研究北朝文史提供了帮助。

具体到北朝陇西李氏研究，宁夏大学郝晓琛 2006 年硕士论文《论北朝陇西李氏之嬗变——以李氏与北魏政权关系演变为中心》主要着眼于李冲在太和改制中发挥的作用，西北师范大学王兴邦 2012 年硕士论文《先唐陇西李氏家族的演变及文学成就》主要集中于对苏李诗的考证。对于北朝陇西李氏这样一个百年望族来说，现有的研究是远远不够的，故有继续深入的必要。

本书拟用的研究方法有三种，一为二重证据法。二重证据法即是将相关传世文献和出土材料密切结合，以还原历史真实作为终极目的。本书将通过二重证据法，全面考察陇西李氏家族在北朝的发展脉络和活动情况。二为综合研究法。所谓综合研究法，主要是指跨学科的研究方法。本书主要使用文学与文献学结合的方法，但有一些内容会涉及考古学、艺术史、社会学等学科。采用综合研究的方法，也是为了能够更全面、更深入地探求北朝制度嬗替、社会演变、文学发展的实质。三为个案研究法。陇西李氏家族在北朝汉化过程中发挥了十分重要的作用，可研究却相对薄弱。因此，本书将参考对其他北朝世家大族的研究方法，如清河崔氏、范阳卢氏、弘农杨氏等，希望对陇西李氏家族的认识能更为具体和细化。

总之，我们在研究中会注重传世文献与出土材料的相互印证，并力图沟通文字材料、图像资料和相关学科工具，进行会通式的研究，在文学、文献、考古、艺术史相融合模式的指导下，进行深入研究。

周忠强

2023 年 7 月

目录

第一章
魏晋南北朝陇西李氏发展轨迹

第一节　陇西李氏溯源

唐代史学家李延寿，作为陇西李氏后代，他在《北史·序传》中追溯李氏起源时认为："李氏之先，出自帝颛顼高阳氏。"[1]在他看来，颛顼高阳氏的曾孙皋陶为李氏直系先祖，先为理氏，后改李氏，李耳为第十一世。唐宪宗元和年间，林宝编撰《元和姓纂》，记录李姓的起源，就是接受了李延寿的说法。北宋欧阳修、宋祁等人撰写《新唐书》，又根据《元和姓纂》，并进一步加以丰富和完善。因此，陇西李氏，谱系清楚，记载翔实。

《新唐书·宗室世系表》云：

李氏出自嬴姓，帝颛顼高阳氏生大业，大业生女华，女华生皋陶，字庭坚，为尧大理。皋陶生益，益生恩成，历虞夏商，世为大理，以官命族为理氏。[2]

《史记·秦本纪》云：

秦之先，帝颛顼之苗裔孙曰女修。女修织，玄鸟陨卵，女修吞之，生子大业。大业娶少典之子，曰女华。女华生大费，与禹平水土。……大费拜受，佐舜调训鸟兽，

---

[1] 《北史》卷一百《序传》，北京：中华书局 1974 年版，第 3313 页。
[2] 《新唐书》卷七十《宗室世系表》，北京：中华书局 1974 年版，第 1955 页。

鸟兽多驯服，是为柏翳。舜赐姓嬴氏。[1]

《史记·夏本纪》正义引《帝王世纪》："皋陶生于曲阜。曲阜偃地，故帝（舜）因之而以赐姓曰偃。"[2]嬴姓为上古八大姓之一，论其渊源，可以追溯到颛顼高阳氏后代柏翳。柏翳即伯益，伯益辅佐虞舜有功，获赐嬴姓。皋陶字庭坚，担任大理之职，主持司法工作，有功于国家。因他生于曲阜，曲阜属于偃地，所以虞舜赐姓为偃。综合史书记载，女华生皋陶、伯益，皋陶是偃姓，伯益是嬴姓，偃与嬴，一声之转，其实为同姓。于此可见，天下李氏，出自嬴姓。

根据《新唐书·宗室世系表》等的记载，我们大致可以勾勒出李氏的演变轨迹：颛顼高阳氏的曾孙皋陶，从唐尧时期开始担任大理这一官职，历经虞舜、夏、商，世代出任大理，"以官命族"[3]，自称理氏。秦汉之前，古人有姓有氏，姓氏一分为二。姓代表血脉渊源，氏成为氏族支系的代称。嬴姓理氏，即属于嬴姓的这一支系，用官职来为氏族命名。到了商朝纣王统治时期，理氏后人理征，因正直不被殷纣所容，获罪而死。他的妻子契和氏带着儿子理利贞逃难于外，靠食李得以存活，为铭记这一难忘的经历，于是改理氏为李氏。周灭商，李利贞之子李昌祖为陈国大夫，迁居苦县。周康王时期，李利贞四世孙李硕宗，被康王赐予苦县之地作为采邑，苦县遂成为天下李氏的发源之地。苦县，史学界普遍认为在今河南省鹿邑县，隶属周口市。李硕宗五世孙李乾，字元果，为周朝上御史大夫，娶益寿氏之女名叫婴敷，生李耳。李耳字伯阳，又字聃，担任周王室太史一职，世称老子。李耳是春秋时期思想家，道家学派创始人，著有《道德经》一书，影响极为深远。皋陶与李耳，因其特殊的地位与名望，成为李氏发展史上的标志性人物，故李氏后人在追溯姓氏起源的时候，常将二人相提并论。比如铭刻于北魏永熙二年（公元533年）的《魏故假节督南青州诸军事征虏将军南青州刺史郑使君夫人李（晖仪）

[1] 《史记》卷五《秦本纪》，北京：中华书局1982年版，第173页。
[2] 《史记》卷二《夏本纪》，第83页。
[3] 《新唐书》卷七十《宗室世系表》，第1955页。

氏墓志铭》（简称《李晖仪墓志》）云："夫人讳晖仪，陇西狄道人，帝高阳氏颛顼之裔也。庭坚言惠以命氏，伯阳隐道以无名。"又如，铭刻于东魏兴和三年（公元541年）的《李挺墓志铭》云："盖理官兴祭，事祖庭坚，道家命氏，咸推藏室。"庭坚即皋陶，伯阳乃李耳，"理官"指皋陶曾担任大理一职，"藏室"是说李耳在周王室做过太史。

李耳之后有李宗，字尊祖，魏国封之于段，为干木大夫，他就是历史上有名的段干木。段干木为魏文侯礼遇，成了魏文侯的老师。后世以"干木富义"喻指贤人。李宗七世孙李昙，字贵远，赵国封为柏人侯，后入秦国，拜为御史大夫，去世后葬于柏人西❶。柏人城位于今河北邢台市隆尧县西，始建于春秋时期，距今已有超过2600年的历史，是战国时期仅次于都城邯郸的赵国第二大城市。2013年5月，柏人城遗址被公布为全国第七批重点文物保护单位。

李昙生四子，崇、辨、昭、玑，李氏由此分房扩散。李昙幼子李玑因父亲葬于柏人，故定居于赵郡柏人，李玑遂成为李氏赵郡房初祖，即赵郡李氏的始祖。李昙长子李崇，字伯祐，秦统一后，担任陇西郡郡守，封南郑公，后人尊其为李氏陇西房的始祖。李崇因在陇西任职，于是后代开始在陇西定居，这就是陇西李氏的来历。至唐代，有世胄高门"五姓七望"之说，五姓即李、崔、卢、郑、王，其中李氏与崔氏各有两个郡望，李氏的两个郡望即陇西李氏和赵郡李氏。除这两支大宗而外，李氏在其繁衍迁徙的过程中，不断发展壮大、开枝散叶，形成许多支系，如范阳房、渤海房、平凉房、敦煌房、姑臧房，等等。家族昌盛，名人辈出。

第二节　陇西李氏初次兴起

陇西李氏之所以能够发展成为陇西郡的名门望族，是由于李崇祖孙三代奠定了初步基础。秦汉时期，可以视为陇西李氏的初次兴起阶段。

---

❶ 2014年12月，邢台市文物工作者历时近4个月，对隆尧县柏人城遗址西900多米处的战国时期墓葬群进行勘探后，初步确认主墓为战国时期赵国柏人侯李昙墓。

陇西李氏的奠基人为秦陇西郡郡守李崇，不过李崇只是曾在陇西为官，并未定居。李崇次子李瑶，字内德，任南郡守，封狄道侯。孙子李信，字有成，为秦国大将军，封陇西侯。李信果敢壮勇，率军于易水击破燕国太子丹军队，俘虏太子丹。曾带兵伐楚，为楚将项燕所败。后与王翦之子王贲一起攻灭燕国、齐国，为秦统一战争做出了突出贡献。

汉朝建立后，李信之子李超，任大将军、渔阳太守。李超次子李仲翔，任河东太守，封征西将军，讨伐羌人叛乱，由于寡不敌众，不幸战死，朝廷赠太尉，葬于陇西郡狄道县（今甘肃定西临洮南）东川，其后代便居于陇西狄道，这成为李氏定居陇西的开端。也就是说，陇西李氏，其源头实出于狄道。

李氏所定居的陇西郡，始建于战国秦昭王二十八年（公元前279年），郡治设于狄道。狄道的设置则更早，即东周周安王十八年（公元前384年），秦献公始建狄道县。陇西，因在陇山（六盘山南段别称，是陇西高原和渭河平原的分界）以西而得名。陇西治所狄道北面三十里，便是秦昭王时期所筑长城，也是后来万里长城的西端起点。狄道西有洮河天险，北有长城护围，可谓兵家必争之地，逐渐发展成为保卫陇西郡，甚至拱卫由秦都咸阳通往西北地区通道的重镇。陇西郡之名，秦、汉因之。秦始皇统一天下后，分全国为三十六郡，陇西郡辖狄道（今临洮）、上邽（今天水）、翼县（今甘谷）、西县（今西和、礼县）、豲道（今陇西）、首阳（今渭源）、枹罕（今临夏）、临洮（今岷县）、下辨（今成县）九县，辖地范围较大，相当于今日甘肃省中南部的大部分地区。汉承秦制，陇西郡治仍在狄道。[1]

至于陇西的地理环境与民俗风情，《汉书·地理志下》记载：

天水、陇西，山多林木，民以板为室屋。及安定、北地、上郡、西河，皆迫近戎狄，修习战备，高上气力，以射猎为先。……汉兴，六郡良家子选给羽林、期门，以材力为官，名将多出焉。孔子曰："君子有勇而亡谊则为乱，小人有勇而亡谊

[1] 郭厚安《甘肃古代史》，兰州：兰州大学出版社1989年版，第16页。

则为盗。”故此数郡，民俗质木，不耻寇盗。[1]

陇西一带，民风质朴，“修习战备，高上气力，以射猎为先”，崇尚武功，名将辈出。在陇右诸高门大族中，陇西李氏即为其中的典型代表。

李仲翔之孙李尚，为成纪令，居于成纪（今甘肃平凉静宁西南），成为陇西李氏成纪一支的始祖。《史记·李将军列传》所说“故槐里，徙成纪”[2]，应该指的就是从狄道迁徙到了成纪。陇西李氏世代居于成纪这一支，以李尚之子李广最为知名。李广乃西汉名将，善骑射。汉文帝后元十四年（公元前 166 年），匈奴大规模入侵萧关，“广以良家子从军击胡”[3]，参加反击匈奴侵略的战争，为郎、武骑常侍。汉景帝、汉武帝时，任陇西、北地等郡太守。后任右北平太守，匈奴数年不敢侵扰，称为“飞将军”。元狩四年（公元前 119 年），李广随大将军卫青出击匈奴，因失道误期，于是自杀。李广历任七郡太守，前后与匈奴作战七十多次，以勇敢善战、善抚士卒著称。李广死后，“广军士大夫一军皆哭”，“百姓闻之，知与不知，无老壮皆为垂涕”[4]。李广为人公正廉洁，如果得到了赏赐，就全部分给部下，以至于家无余财，他也绝口不谈家产的事。李广身材魁梧，长臂善射，沉默寡言，敦厚质朴。敦厚质朴，可以说是“民俗质木”的体现，也可以视为陇西李氏的独特家风。李广与人交游，以射箭为戏。他箭法高超，即便是子孙亲属，甚至包括学他射箭的外人，都没有人能比得上他。

李广从弟李蔡，随李广一起参军，两人同是汉文帝的侍从，后任武骑常侍。汉武帝元朔五年（公元前 124 年），李蔡任轻骑将军，与卫青一同出兵朔方，击败匈奴右贤王。因军功突出，李蔡被汉武帝封为乐安侯，从此弃武从政。后来丞相公孙弘去世，李蔡接任丞相。李蔡任职期间，政绩卓著，他协助汉武帝刷新吏治，推动币制改革，实行盐铁专营。李蔡封侯拜相，李广也是两千石高官，陇西李氏

---

[1] 《汉书》卷二八《地理志下》，北京：中华书局 1962 年版，第 1644 页。
[2] 《史记》卷一〇九《李将军列传》，第 2867 页。
[3] 《史记》卷一〇九《李将军列传》，第 2867 页。
[4] 《史记》卷一〇九《李将军列传》，第 2876 页。

达到了自汉兴以来家族发展的顶点。然而好景不长，汉武帝元狩五年（公元前118年），李蔡因占用汉景帝阳陵前路旁空地的罪名，被皇帝追究，于是自杀，他的封国也被废除。此前一年，李广自杀。

李广有三子，即李当户、李椒、李敢。长子李当户，即李陵之父。李当户和李椒，都先于李广去世。李广幼子李敢，亦为一时名将。李敢曾以校尉的身份，跟随骠骑将军霍去病出击匈奴左贤王，他作战勇敢，身先士卒，夺得左贤王鼓旗，斩敌甚多，赐爵关内侯。李敢认定卫青是逼死其父的凶手，怒不可遏，打伤卫青。卫青外甥霍去病十分恼恨，趁着李敢随汉武帝到甘泉宫狩猎的机会，暗中将其射杀。霍去病当时正受宠于皇帝，皇帝于是刻意隐瞒了事实真相，对外宣称李敢是被鹿撞死的。一年后，霍去病就死去了。李敢的女儿是太子刘据宫人，受到太子的宠幸。李敢的儿子李禹"亦有勇……上召禹，使刺虎，县下圈中，未至地，有诏引出之。禹从落中以剑斫绝累，欲刺虎，上壮之"。[1]李禹砍断吊绳，仗剑刺虎，勇武过人，深受太子器重。

李广之孙李陵，字少卿，是李当户的遗腹子。李陵"善骑射，爱人，谦让下士，甚得名誉"。[2]汉武帝认为他有乃祖李广将风，故派其统帅五千人马，教射酒泉、张掖等地。天汉二年（公元前99年），为骑都尉，率兵出击匈奴，被单于大军包围，力战之后，因矢尽援绝投降。后居匈奴二十余年病死。李陵曾作《楚歌》一首："径万里兮度沙幕，为君将兮奋匈奴。路穷绝兮矢刃摧，士众灭兮名已陨。老母已死，虽欲报恩将安归！"此外，《文选》所载李陵与苏武往返五言诗三首，另有《答苏武书》，学者多认为是伪托之作。

李陵投降匈奴，汉武帝听信流言，族诛其母弟妻子。作为李陵的堂兄弟，李禹受到牵连，被处死。由于遭受这一重大打击，陇西李氏家族就此衰败，李广身故仅仅二十年，"李氏名败，而陇西之士居门下者皆用为耻焉"[3]。陇西李氏的再

---

❶ 《汉书》卷五四《李广苏建传》，第2450页。
❷ 《汉书》卷五四《李广苏建传》，第2450页。
❸ 《史记》卷一〇九《李将军列传》，第2878页。

次勃兴，则要到十六国时期。

综上，秦汉时期，可以视为陇西李氏的初次兴起阶段。陇西李氏以军功起家，亦因军败而衰，而在文化方面，则建树不多。

第三节　魏晋时期的演变

魏晋时期，陇西李氏开启了由武力强宗向文化士族的转变。这一时期，可以视为陇西李氏的第二次兴起阶段。

魏晋前期，陇西李氏相对比较沉寂，家族成员多任职于地方。李禹七世孙李轨，字文逸，曹魏临淮太守、司农卿。其子李隆，字彦绪，尚书郎、长安令、积弩将军。入晋，李隆之子李艾，字世绩，晋骁骑将军、魏郡太守。李艾之子李雍，李雍次子李柔，都曾担任郡太守一级的官员。

李柔之子李弇，字季子，高亮果毅，有智谋。西晋末年，天下大乱，他与从兄李卓同在相国、晋王司马保手下任职。司马保庸懦无能，李卓眼见前途无望，于是率领宗族奔赴前凉张寔，李弇也随同前往。李弇仕于张氏，为骁骑左监。李弇本名李良，妻子梁氏。前凉张骏曾对李弇说道："爱卿名叫李良，妻又姓梁，音同难以避讳，让后世子孙如何称呼舅家？东汉名将耿弇年纪轻轻便立下了赫赫战功，从而开启了光武帝中兴汉朝的辉煌时代，我刚开始建功立业，就像当年的汉光武帝信赖耿弇一样需要您。"于是替他改名为李弇。历官天水太守、卫将军，封安西亭侯[1]。卒，年五十六，赠武卫将军。这位李弇，就是后来西凉武昭王李暠的祖父。西凉建立后，追谥其为景公。夫人梁氏生一子，曰昶。李昶，字仲坚，幼有名誉，十八岁就去世了。西凉建立后，被追谥为简公。

西晋末年，李弇、李卓带领家族避难前凉，陇西李氏自此迁徙至河西立足。陇西李氏的再次勃兴，是十六国时期的西凉。西凉的建立者，就是李昶之子李暠。

关于李暠的家族世系，有两种说法。第一种说法是正史记载的传统说法，即

---

❶ 《晋书·李暠传》作安世亭侯。

源于《魏书》与《晋书》李暠本传，二书都说李暠乃汉前将军李广之后。不过，两书在具体表述上又有所区别。《魏书》仅说李暠是汉前将军李广之后，比较笼统；《晋书》则明确称其为李广十六世孙。李暠乃李广之后，这一点从墓志记载上，也可以得到证实。比如铭刻于东魏兴和三年（541 年）的《李挺墓志铭》云："盖理官兴祭，事祖庭坚，道家命氏，咸推藏室。将军树功易水，卫尉拟德成蹊。"墓主李挺，是李暠四世孙。铭刻中的"将军"，指的是在易水边擒获燕太子丹的秦国大将军李信。"卫尉"就是李广，因李广曾任未央卫尉。"拟德成蹊"，化用司马迁《史记》中对李广的评价"桃李不言，下自成蹊"。又如铭刻于北魏正光五年（524 年）的《李媛华墓志》云："远胄高阳，遥源姬水，蕴无名于柱下，播奇功于塞上。"正光六年（525 年）《李遵墓志铭》云："伯阳以神权应物，戎俗从化；郎中以果毅标名，节彰竹素。"柱下""伯阳"指老子李耳，李耳字伯阳，担任周王室柱下史；"塞上""郎中"指"飞将军"李广，李广曾担任郎中令一职，立功塞上。李媛华和李遵，都是李暠四世孙。可见，李暠后人，都认为家族源出李广一系。

第二种说法，也源于墓志记载，提及李暠乃汉丞相李蔡之后。铭刻于北魏永熙二年（533 年）的《李晖仪墓志》云："夫人讳晖仪，陇西狄道人，帝高阳氏颛顼之裔也。庭坚言惠以命氏，伯阳隐道以无名。自汉丞相蔡，逮乎凉武昭王暠。"庭坚即皋陶，伯阳乃李耳，可视为陇西李氏的始祖。"汉丞相蔡"即李蔡，他曾任汉武帝丞相，是促成陇西李氏第一次兴起的重要人物。"凉武昭王暠"即李暠，开创十六国西凉国，是陇西李氏第二次兴起的代表人物。墓志将皋陶、李耳、李蔡、李暠相提并论，可见李暠后人，认为李暠是汉丞相李蔡的后代。铭刻于隋朝开皇六年（586 年）的《齐故轻车将军司徒府骑兵参军李君墓志》（简称《李礼之墓志》）云："君讳礼之，字延州，陇西狄道人也。其在汉世，李广、李陵并为名将，著于前史，丞相蔡，君之先也。"李礼之是李暠六世孙，墓志中明确提到了李礼之的汉代祖先乃是李蔡，李广、李陵仅是家族成员而已。虽然源出李蔡的记载较为少见，但是不应排除这种可能性的存在。

综合以上两种说法，我们认为，无论李暠的直系祖先是李广还是李蔡，在李暠出身陇西李氏这一点上，应该是没有疑问的。

西凉武昭王李暠，字玄盛，原为北凉敦煌太守，后以敦煌为都城，建立西凉政权，又迁都酒泉，传见《魏书》卷九九，《北史》卷一百，《晋书》卷八七。他去世后，庙号太祖。自祖父李弇避难河西，出仕前凉以来，李暠是陇西李氏家族在河西定居后的第三代。

河西地区北边是一望无际的戈壁，南边是绵延起伏的祁连山，只有河西走廊是一马平川。它东连陇右关中，西接西域门户，南通巴蜀地区，地理位置十分重要。历史上，这里水草丰茂，气候适宜，向来有所谓“金张掖，银武威”的美名。

早在两汉时代，河西地区就以安定富饶著称于世，据《汉书·地理志下》记载：

自武威以西，本匈奴昆邪王、休屠王地，武帝时攘之，初置四郡，以通西域，鬲绝南羌、匈奴。其民或以关东下贫，或以报怨过当，或以悖逆亡道，家属徙焉。习俗颇殊，地广民稀，水草宜畜牧，故凉州之畜当为天下饶。保边塞，二千石治之，咸以兵马为务；酒礼之会，上下通焉，吏民相亲。是以其俗风雨时节，谷籴常贱，少盗贼，有和气之应，贤于内郡。此政宽厚，吏不苛刻之所致也。[1]

河西地区因偏居西部，“和气之应，贤于内郡”，保持着相对和平安定的局面。于是，每当王朝末期，改朝换代之际，中原混战不休，河西地区就成为中原人躲避战乱的一个中心。西晋末年，最先在河西地区建立的前凉政权，由汉人张轨于301年任凉州刺史以后逐渐形成。直到376年，前凉被前秦灭亡。前凉政权持续时间较长，在政治和文化方面颇有建树，对后世影响深远。

《资治通鉴》卷一二三元嘉十六年（439年）：“凉州自张氏以来，号为多士。”胡三省注曰：“永嘉之乱，中州之士避地河西，张氏礼而用之。子孙相承，

---

[1] 《汉书》卷二八《地理志下》，第1644-1645页。

衣冠不坠，故凉州号为多士。”[1]李暠祖父李弇深受前凉统治者张骏器重，张骏亲自为他改名。李暠父亲李昶曾任前凉太子侍讲，即张骏之子张重华东宫僚属。李暠的青年时代，也是在前凉治下度过的。前秦苻坚淝水战败，氐人吕光割据河西，建立后凉。相对前凉而言，后凉政权完全凭借武力建立，故在当地汉人的心目中，后凉被视为一个异族政权和外来政权。到了其统治末世，随着武力威慑作用减退，于是各种反抗力量乘势而起，后凉随之瓦解灭亡。

公元400年，敦煌太守李暠起兵，建立西凉政权。继前凉之后，西凉成为十六国时期河西地区兴起的第二个汉族政权。李暠采取了一系列有效措施，以巩固和发展国力。在政治上，他知人善任，虚心纳谏，执法宽厚简要，赏罚严明有信；在军事上，李暠为了统一河西，他派遣重臣宋繇东征凉州，西击玉门，开疆拓土，威震西域；在经济上，李暠十分重视发展农业生产，号召那些因战乱而离开家园的百姓返回故土，给他们以优惠待遇并进行资助，不久就有两万多户百姓迁回了敦煌；在文化方面，李暠延续了前凉的既定国策，崇儒重教，优待士人。西凉政权，处于连接中原与西域的特殊位置，在丝绸之路发展史上具有重要的历史地位，尤其是李暠在文化方面的诸多举措，更是影响深远。

据史书记载，417年2月，李暠病死，葬于建世陵，在酒泉西15里。2001年4月发现并清理了小土山墓葬，位于酒泉市肃州区城西约15里处的果园乡丁家闸村一组境内，其所处位置与史书记载相吻合。专家们通过对墓葬特征、周边环境、地理位置等考察论证后认为，小土山墓葬或即西凉君主李暠之墓，即西凉王陵。[2]

李暠前后有两位夫人，原配辛氏，辛纳之女，早卒。第二位夫人尹氏，天水冀县人。陇西辛氏、天水尹氏，世代都是陇右大族。尹夫人自幼好学，清辩有志节，品行出众。她一开始嫁给扶风马元正，马元正去世后，成为李暠继室。因为是再嫁的缘故，她三年不曾开言。尹夫人对待李暠前妻的孩子很好，甚至超过了自己亲生的孩子。李暠创业的时候，谋划经略，尹夫人给予了很多帮助，所以河

---

[1] 《资治通鉴》卷一二三，北京：中华书局2011年版，第3942页。

[2] 郭永利《河西魏晋十六国壁画墓》，北京：民族出版社2012年版，第250页。

西的谚语说："李氏、尹氏共治西凉。"于此可见，尹夫人颇具政治才能，在西凉百姓心目中的地位很高。尹夫人深受传统文化影响，有着浓厚的中原正统情结。她这种情结，恰与尊崇晋室、秉持正统的李暠两相契合。李暠先后两次向东晋政权上表称臣，可能就是尹夫人参与促成的结果。

尹夫人生子李歆，字士业，李暠次子。由于长子李谭早卒，李暠去世后，李歆嗣位，尊尹夫人为太后。李歆将攻北凉沮渠蒙逊，尹夫人劝他说：

> 汝新造之国，地狭人稀，靖以守之犹惧其失，云何轻举，窥冀非望！蒙逊骁武，善用兵，汝非其敌。吾观其数年已来有并兼之志，且天时人事似欲归之。今国虽小，足以为政。知足不辱，道家明诫也。且先王临薨，遗令殷勤，志令汝曹深慎兵战，俟时而动。言犹在耳，奈何忘之！不如勉修德政，蓄力以观之。彼若淫暴，人将归汝；汝苟德之不建，事之无日矣。汝此行也，非唯师败，国亦将亡。[1]

尹夫人知己知彼，颇具远见卓识。然而，李歆并没有听从母亲的正确意见，贸然出击，为北凉沮渠蒙逊所杀，西凉不久就灭亡了。

西凉亡后，李氏家族成员都被带往姑臧，沮渠蒙逊面见尹夫人，表示慰问，尹夫人对他说："我国被胡人攻灭，这没有什么好说的！"有人劝她说："现在你们命悬人手，为什么还要那么倨傲呢？况且，国家灭亡，子孙被害，难道对此能不伤悲？"尹夫人回答："兴灭死生，世之常理，为何要像普通人那样悲悲切切！我虽然是一介妇人，难道会因为害怕死亡，而向敌人屈膝投降？如果他们因此杀了我，正好遂了我殉国从夫的心愿。"沮渠蒙逊很赞赏她的刚烈，不仅没有加害尹夫人，而且为儿子沮渠牧犍娶了她的女儿李敬爱。等到沮渠牧犍即位时，北魏的势力已经渗透到北凉，对北凉构成了极大的威胁。北魏太武帝为了控制河西，将他的妹妹武威公主嫁给沮渠牧犍做王后，尹夫人就和女儿李敬爱回到故都酒泉。由于心情郁闷，李敬爱不久就去世了。沮渠蒙逊另一子沮渠无讳当时镇守酒泉，每

[1] 《晋书》卷九六《列女传》，北京：中华书局 1974 年版，第 2526-2527 页。

每对尹夫人说："您的孙子李宝现在伊吾，您打算和他团聚吗？"尹夫人不知道沮渠无讳是否愿意让自己离开，假意答道："子孙流落他乡，臣服于柔然，我已经老了，走不动了，当死在这里，以求落叶归根。" 不久后，尹夫人暗中逃往伊吾，不料被沮渠无讳派遣的使者追上。尹夫人对使者说："酒泉王沮渠无讳允许我和子孙团聚，为什么还要来追赶？你可以砍下我的首级带回去，反正我是绝不会再回去了。"使者不敢逼迫，尹夫人安然到达伊吾。后来，她在伊吾去世，享年七十五岁。

李暠有十个儿子，分别是：谭、歆、让、愔、恂、翻、豫、宏、眺、亮。三子李让，字士逊。第四子李愔，字士正。第五子李恂，字士如，李歆死后，在敦煌大族宋承、张弘支持下，坚守敦煌，又维持西凉政权一年，沮渠蒙逊破敦煌，李恂自杀。第六子李翻，字士举，小字武疆。第七子李豫，字士宁。第八子李宏，字士赞。第九子李眺，字士远。第十子李亮，字士融。女儿李敬爱，北凉哀王沮渠牧犍的皇后。

李暠第六子李翻，"英雄秀出，有雄略"[1]，酒泉太守。其子李宝，"沉雅有度量，骁勇善抚接"[2]，西凉灭亡，李宝被沮渠蒙逊囚禁在姑臧，后来跟随舅父唐契逃往伊吾，依附柔然，建立后西凉政权，统治伊吾地区，存在了整整二十年。李宝在伊吾，前后召集民众两千余家，深得人心。他一直渴望恢复故国，报仇雪恨。439 年，北魏太武帝拓跋焘灭北凉。李宝乘此机会，顺利夺取旧都敦煌。面对北魏一统河西的局面，李宝深知恢复故国已无希望，于是审时度势，在 442 年，派弟李怀达、子李承诣平城归附，北魏封之为敦煌公，后西凉政权终结。444 年，李宝入魏，留在平城，拜外都大官。文成帝初年，镇守北方边境"六镇"之一的怀荒镇，改授镇北将军。李宝仕魏 15 年，文成帝太安五年（459 年）卒，时年 53 岁。

第四节　北朝时期的盛衰

316年，西晋灭亡，南北分裂。南方先后经历东晋和后来统称为南朝的宋、齐、梁、

---

❶《北史》卷一百《序传》，第 3316 页。
❷《北史》卷一百《序传》，第 3316 页。

陈四朝。北方经过十六国的混乱，大约与南朝同一时期，先后建立过北魏、东魏、西魏、北齐、北周这五个政权，史称北朝。

如果说从魏晋时期开始，陇西李氏已经开启了武力强宗向文化士族的转变。可是随着西凉国的覆灭，这一转变过程遭遇了短暂挫折。南北朝时期，可以视为陇西李氏的第三次兴起阶段。至北魏后期，陇西李氏成为文化士族的转变也彻底完成。

综观北朝陇西李氏的发展轨迹，不难发现，陇西李氏在北魏以勋业获得门第，至李暠曾孙李冲时，声望达于顶峰。由于与皇权的过分接近，陇西李氏的政治势力随着北魏皇权的盛衰而起落，然而，作为文化士族的陇西李氏，由于文化底蕴深厚，因其代有才人，故文脉不坠，绵延不绝。到了隋唐两朝，兼收并蓄，厚积薄发，从而散发出更为夺目的光芒。

李宝是陇西李氏归附北魏第一代，也是进入北朝第一代。李宝共有六子，分别是承、茂、辅、佐、公业、冲。除李公业早卒外，李冲的几位兄长都曾经任职于地方，以行政能力见长，具有经世济民的才具。

李冲是李宝少子，幼年丧父，由长兄李承抚养长大。李冲，字思顺。官至尚书仆射。太和十年（486 年），建议实行三长制，五家为邻，五邻为里，五里为党，各设一长，代替宗主督护制[1]，检查户籍，征收赋税，以抑制豪强多占民户。李冲又建议颁布新的租调制，限制宗主贪污，以增加政府收入。后佐助孝文帝改定礼仪、律令、官制、服饰等制度，主持营建洛阳新都等工程，是北魏“太和改制”的主要功臣。孝文帝南攻萧齐，他又奉命留守，委任甚专。终因积劳成疾去世。李冲一生仕途通达，靠的是博学多才和忠勤谦谨，他为促进北魏政权巩固，推动社会经济发展，加快民族间的融合，做出了极为杰出的贡献。

由于李冲深受孝文帝宠遇，加之李冲顾念宗族，尽心提携，遂使陇西李氏在

---

[1] 李凭先生认为，宗主督护制是北魏前期所实行的，以宗法关系为维系纽带的，具有有部分行政职能的生产与自保相结合的基层社会组织。见李凭《北魏平城时代》（第 3 版），上海：上海古籍出版社 2014 年版，第 373 页。

北魏中后期，“为当世盛门”[1]。同时，陇西李氏在向文化士族转变的过程中，李冲也发挥着极为关键的作用。李冲可谓是陇西李氏家族真正的领袖，是促进家族发展壮大的核心人物。

李冲去世两年后，咸阳王元禧谋反事件，使陇西李氏家族遭受了来自高层的第一次政治打击。咸阳王元禧，是孝文帝驾崩后受命辅政的“六辅”之一，辅政期间贪淫骄横，宣武帝亲政后，他常常心怀不安，加上有人挑拨离间，于是在景明二年（501 年），咸阳王元禧发动叛乱，元禧妻兄李伯尚参与其中，李伯尚是李辅长子，李暠四世孙。不久，元禧被擒杀，同谋被斩者数十人，其中就包括李伯尚，时年二十九岁。因李伯尚谋反，李辅全家被牵连，遭受冲击最为严重。李辅此前已经去世，故免于处罚。李辅次子李仲尚，因为哥哥谋反的事被赐死，时年二十五岁。李辅妻子和其他三子，一同被流放到边远地区。很久以后，遇到大赦才被放回，可是因为兄长参与谋反的恶劣影响，兄弟们多年不被朝廷起用。除李辅家外，陇西李氏的其他成员，也因李伯尚谋反事件受到影响，如李韶，作为李伯尚堂兄，受到免官处分。

李伯尚，少年时就有盛名。二十岁左右，就担任了秘书郎之职，孝文帝常对人说：“他就是李家的千里驹啊。”升任通直散骑侍郎，奉命撰写《太和起居注》。李伯尚弟弟李仲尚，仪貌甚美。他在年少时，就以文学才华知名于世。李仲尚年仅二十岁，创作《前汉功臣序赞》。在叔父李冲去世后，作《司空冲诔》进行悼念。当时兼任侍中的高聪、尚书邢峦看到这些文章后，十分赞叹：“后生可畏，真非虚言。”咸阳王元禧谋反，兄弟都被处死，人才难得，可惜可叹。经此变故，陇西李氏家族李宝三子李辅这支，从此一蹶不振。

北魏末年，社会矛盾尖锐，在北方六镇爆发了大规模的起兵，史称“六镇起兵”。北魏政权在战争中受到猛烈冲击，契胡酋长尔朱荣在平定战乱的过程中不断扩充势力，逐步在北魏政权内部取得了重要地位。528 年，孝明帝被胡太后毒死，三岁的宗室元钊被立为幼主。尔朱荣借口替孝明帝复仇，于晋阳（今山西太原）起兵，

[1]《魏书》卷二七《李宝传》，第 898 页。

率部进攻洛阳。尔朱荣迎立元子攸为帝，即敬宗孝庄帝。尔朱荣进入洛阳后，把胡太后和幼主投入黄河，又杀死北魏的王公大臣两千余人，其中就包括陇西李氏家族多人，史称“河阴之变”。

见诸史册的李氏家族遇难成员，包括李韶次子李瑾，李虔长子李暖，次子李昞，三子李皓，李蕤次子李义慎，四子李义远，李茂长孙李遐。仅李承孙辈，就有六人遇害。李虔共四子，有三子遇害。

李暠五世孙李瑾，字道瑜，容貌俊好，很有才学，最得父亲李韶钟爱。孝明帝驾崩，上谥号，撰策文，都是李瑾所为。李昞，字仁曜，为魏子建女婿，即魏收之姊妹夫。李茂长孙李遐，河内太守，“有几案才”[1]，承袭了父亲李静敦煌公的爵位。

尔朱荣掌握了朝廷的权力，赏罚由己，骄横跋扈。孝庄帝不甘心成为傀儡，利用朝见的机会杀死了尔朱荣。

孝庄帝元子攸是孝文帝之弟元勰与李冲之女李媛华所生，重用舅父李延寔、李季凯、李孚、李虔、李奖、李神俊，表兄弟李彧、李义邕等，想依靠舅家势力来控制朝政，陇西李氏从一个冠绝天下的大姓高门，一跃成为皇帝亲近的外戚势力。然而，祸福无常，不久，尔朱荣从子尔朱兆攻破洛阳，杀孝庄帝。尔朱荣从弟尔朱世隆立元恭为帝，是为节闵帝（即前废帝），改元普泰。尔朱氏家族控制了北方的大部分地区，统治极为残暴，不得人心，尔朱荣的部将高欢趁势崛起。

尔朱兆攻破洛阳，尔朱世隆以李季凯参与谋杀尔朱荣为借口，杀害了李季凯。李季凯是李辅第三子，李伯尚之弟。早年曾因受到李伯尚谋反事件牵连，被流放边地。李冲长子李延寔，作为外戚被孝庄帝重用，尔朱世隆反攻倒算，李延寔在青州刺史任上被害。据《北史》记载，李延寔三子李彰，位通直散骑侍郎，跟随父亲在青州，同时遇害。据铭刻于太昌元年（532 年）的《李彰墓志》记载：

魏故通直散骑侍郎左将军瀛州刺史司州河南郡洛阳县澄风乡显德里领秦州陇

[1] 《魏书》卷三九《李宝传附李遐传》，第 892 页。

西郡狄道县都乡和风里李彰，年廿二，字子焕。维大魏太昌元年岁次壬子九月壬辰朔廿九日庚申殡于石人亭大道北，覆舟山之阳。祖冲，司空文穆公。父延寔，使持节侍中太师太尉公（《汉魏南北朝墓志集释》）。

墓志与史书所载李彰官名完全一致。据墓志，可知李彰被害，年仅二十二岁。

李延寔长子李彧，娶庄帝姐姐丰亭公主。李彧任侠勇武，交结死士，杀死尔朱荣的武士就是李彧所进。高欢为尔朱荣复仇，李彧被处死。

《魏书·魏子建传》记载：

邢杲之平，太傅李延寔子侍中彧为大使，抚慰东土。时外戚贵盛，送客填门，子建亦往候别。延寔曰："小儿今行，何以相助？"子建曰："益以盈满为诫。"延寔怅然久之。及庄帝杀尔硃荣，遇祸于河阴者，其家率相吊贺。太尉李虔第二子仁曜，子建之女婿，往亦见害。子建谓姨弟卢道虔曰："朝廷诛翦权强，凶徒尚梗，未闻有奇谋异略，恐不可济。此乃李门祸始，吊贺无乃匆匆！"及永安之后，李氏宗族流离，或遇诛夷，如其所虑。[1]

魏子建乃赵郡李孝伯外孙，魏收父亲。他的女婿李昞，字仁曜，李虔次子，魏收的姊妹夫，于河阴遇害。孝庄帝杀尔朱荣，陇西李氏家族成员"率相吊贺"，可是魏子建已经预感到了更大的灾难即将来临。后来发生的历史不幸被他言中，陇西李氏自此彻底衰落。

尔朱氏复仇，李冲长子、两个孙子都被杀害，李宝少子李冲一支遭受严重打击。

此外，李蕤长子李义兴，即李咏（《北史》作谚），前废帝时，与第三弟通直散骑常侍义真、第七弟中书侍郎、太常少卿义邕，同时被尔朱仲远所害。孝庄帝即位之前，李义邕作为他的外亲，两人关系很好，等到孝庄帝有了天下，李义邕特蒙信任。他参与了诛杀尔朱荣事件，由此被尔朱氏报复。

[1] 《魏书》卷一〇四《自序》，第 2322-2323 页。

李蕤二子、四子河阴被害，长子、三子、七子被清算，李宝长子李承这支就此衰落。

虽然孝庄帝元子攸和节闵帝元恭都出自陇西李氏，家族出了两位皇帝，本是无上光荣的事情，可是两个皇帝都没有实际权力，任由军阀废立。由于与皇权的过分靠拢，致使陇西李氏再次遭受重大打击。尤其是李冲这支，受祸弥烈。

如果说咸阳王元禧叛乱是李氏家族遭受的第一次打击，影响仅限于部分家族成员的话。“河阴之变”以及因尔朱荣之死遭受的政治报复，对李氏家族的打击则更为直接与严重，受到伤害的家族成员也更多。陇西李氏元气大伤，就此衰落。

531年，高欢消灭了潼关以东的尔朱氏势力，攻入洛阳，杀节闵帝元恭，另立元修为帝，是为孝武帝。于是，北魏政权由尔朱氏之手转移到了高欢手中。532年，高欢攻克尔朱氏老巢晋阳，尔朱兆自杀。

元修不甘心受高欢控制，准备调动各地军队进攻高欢。高欢出兵二十万，讨伐元修在各地的力量，元修不得已西奔控制关中的宇文泰。534年，高欢立元善见为帝，迁都邺城，由高欢控制政权的魏朝，史称东魏。535年，宇文泰毒杀孝武帝，立元宝炬为帝，定都长安，与高欢进行对抗，由宇文泰控制的魏政权，史称西魏，北魏政权至此终结。

550年，高欢子高洋废孝静帝元善见，自己称帝，国号齐，史称北齐。557年，宇文泰子宇文觉废魏恭帝拓跋廓自立，国号周，史称北周。577年，周灭齐。581年，北周外戚杨坚夺取政权，建立隋王朝，北朝结束。

李宝四子李佐这支，最有名望的当属李佐三子李神儁，李神儁兴和三年（542年）因病去世。李神儁无子，过继了从弟李延度的孩子。他的两位兄长的后代，却成为东西对峙时期的牺牲品。李佐共有三子，即李遵、李柬、李挺。李柬之子李经，东魏兴和初年，以“妖言”的罪名赐死。李遵之子李果，武定年间，以通谋西魏被杀。李佐一支，归于衰败。

李宝共有六子，分别是承、茂、辅、佐、公业、冲。李公业早卒。咸阳王元禧叛乱，李辅一支受到牵连，“河阴之变”以及尔朱荣之死，李承、李茂、李冲后代遭受到残酷的政治迫害。到了东西魏对峙时期，李佐一支，也归于衰败。此后的陇西李氏，虽然也不乏人才出现，但与北魏中后期的全盛状态相比，整个宗族的地位和势力无疑是衰落了。

李神俊去世后，据其墓志即《李挺墓志铭》记载，“葬于邺城之西南七里豹祠之东南二里半”。东西对峙时期，李宝后代大多生活在东魏北齐境内。联系陇西李氏其他家族成员的墓志，同时综合史志，我们不难发现，北朝陇西李氏主要的迁徙轨迹：由凉州而平城，而洛阳，而邺城。

《魏书·李冲传》：

有司奏谥曰文穆。葬于覆舟山，近杜预冢，高祖之意也。后车驾自邺城还洛，路经冲墓，左右以闻，高祖卧疾望坟，掩泣久之。[1]

王肃去世后，朝廷下诏：

死生动静，卑高有域，胜达所居，存亡崇显。故杜预之殁，窆于首阳；司空李冲，覆舟是托。顾瞻斯所，诚亦二代之九原也。故扬州刺史肃，诚义结于二世，英惠符于李杜，平生本意，愿终京陵，既有宿心，宜遂先志。其令葬于冲、预两坟之间，使之神游相得也。[2]

杜预，字元凯，西晋政治家、军事家、儒学家。杜预博学多才，通晓政治、经济、军事、律令、工程等，多有建树，治学尤精《左传》，被誉为“杜武库”。参与平吴之役，功勋卓著。李冲有巧思，有大功，与杜预类似，孝文帝安排他葬在覆舟山下的杜预墓旁，可能有以杜预比方李冲的意思，以告慰忠臣英灵。如果说这种赞扬还比较含蓄的话，等到王肃去世，宣武帝将他葬在杜预、李冲两坟之间，这一举动，褒扬功臣的意图就已经十分明显了。

---

[1] 《魏书》卷五三《李冲传》，第 1188 页。

[2] 《魏书》卷六三《王肃传》，第 1411 页。

据陇西李氏家族成员墓志：

四世孙李蕤，“窆于覆舟之北原，祔葬季父司空文穆公神茔之左。”

李超，“葬洛阳县覆舟山之东南。”

五世孙李彰，“维大魏太昌元年岁次壬子九月壬辰朔廿九日庚申殡于石人亭大道北，覆舟山之阳。”

从迁都洛阳开始，以李冲墓地为中心，覆舟山成为家族墓地。陇西李氏之前的墓地在平城，可参《李伯钦墓志》：“魏太和六年，岁次壬戌二月丙戌朔廿七日壬子，卒于平城。”北魏分裂，东魏建立，迁都邺城，家族墓地也相应地转移到了邺城西门豹祠附近。

李伯钦，“二月丙戌朔廿七日壬子，卒于平城。景明三年岁次壬午十二月乙酉朔十二日 丙申，迁窆于邺城西南豹寺东原吉迁里。”

四世孙李遵，“窆于豹祠之南，先公神道之左。”

四世孙李挺，“粤以兴和三年岁次辛酉十二月廿三日葬于邺城之西南七里豹祠之东南二里半。”

《李挺墓志》等李氏家族成员墓志的发现，为我们解决陇西李氏籍贯问题，提供了真实可靠的材料。《晋书》李暠籍贯为陇西成纪，《魏书》记载，李暠乃陇西狄道人。长期以来，聚讼纷纭，莫衷一是。而今出土的地下材料，全部支持李暠籍贯为陇西狄道这一说法。赵超先生《汉魏南北朝墓志汇编》（以下简称《汇编》）一书中，李暠后代在其墓志中都曾提及，自己的籍贯为陇西狄道，有的还非常详细。例如：

1. 四世孙李蕤，“君讳蕤，字延宾，陇西郡狄道县都乡和风里人也。”（《汇编》，第 48 页）。

2. 四世孙李媛华，“妃讳媛华，陇西狄道县都乡和风里人。”（《汇编》，第148页）。

3. 李超，“君讳超……秦州陇西郡狄道县都乡华风里人也。”（《汇编》，第160页）。

4. 四世孙李遵，“君讳遵，字仲敬，陇西狄道人也。”（《汇编》，第163页）。

5. 四世孙李挺，“公讳挺，字神俊，陇西狄道人也。”（《汇编》，第352页）。

6. 五世孙李艳华，“夫人字艳华，陇西狄道人，武昭王皓之五世孙也。”（《汇编》，第347页）。

7. 五世孙李彰，“秦州陇西郡狄道县都乡和风里李彰，年廿二，字子焕。”（《汇编》，第293页）。

此外，铭刻于北齐皇建二年（561年）的《齐郎中令索勇妻故李夫人墓铭》（简称《李华墓志》）记载：

夫人讳华，字遗妃，陇西狄道人也。氏出世功，字因事改。文明国录，义炳家传。祖龙，南阳太守。父显，豫州别驾。……何期三八之年，收光早世，其日天保二年五月之晦也。粤皇建二年二月丁丑朔八日甲申附窆于呈勇之窕域，陈新妇百年与同葬（《新见北朝墓志集释》）。

李华，字遗妃，陇西狄道人，嫁与北齐郎中令索勇为妻。李华卒于北齐文宣帝天保二年（551年），终年二十四岁，则其生年当在北魏孝明帝孝昌四年（528年）。索勇之名，不见于北朝史籍。墓志又载，李华祖父李龙，父亲李显，俱列官职。李龙，传世文献没有记载，曾任南阳太守。关于李显，稽之北史，有东魏将领李显及北周仪同大将军李显。《北史》曾提及，东魏将领李显镇守蓼坞，被西魏军队俘虏。[1]

[1] 《北史》卷六九《杨檦传》，第2409页。

北周李显，乃李迁哲之弟，位至上仪同大将军。[1]其祖父李方达，本州治中。父亲李元真，在萧梁做官，历任东宫左卫率、东梁衡二州刺史、散骑常侍、沌阳侯。姓名、官职都不符合，可见北周李显并不是李华之父，只是同名而已。东魏将领李显是否即李华之父，则不可确知。北周李显虽然并非李华父亲，可是同属陇西李氏后代，祖籍也是陇西狄道。

由此可见，李蕌籍贯当属于陇西狄道无疑。和风里可能就是槐里，张书城先生在《陇西李氏源流》一文中分析，“都乡和（华）风里”是“东乡槐树里”用河西方言说出后的文字记录，即口述人把“东乡槐树里”说成是“都乡和（华）风里”，于是撰写墓志的人也就写成了“都乡和（华）风里”。再则，上述几块墓志的墓主都是后西凉政权建立者李宝的子孙，而李宝前半生一直生活并战斗在敦煌、酒泉、姑藏（今甘肃武威）、伊吾（今新疆哈密）等河西地区。当他晚年给子孙（墓主）口述先人祖籍时，使用的是地地道道的河西方言，而河西人即使在现代说起“东乡槐树里”时，外地人听起来仍然像是在说“都乡和（华）风里”。此说颇有见地，可资参考。

东西对峙时期，李宝一系，主要生活在东魏北齐境内。李神俊是陇西李氏家族最有名望和地位的家族成员。李佐三子李挺，字神俊，小名提。李神俊是李韶堂弟，年少时即以才学知名于世，太常刘芳对他很欣赏，把女儿嫁给了他。李神俊后来担任前将军、荆州刺史。或许是因为李神俊的父亲李佐主持荆州防务期间，很有威信，边民乐意归附，所以朝廷才让他担任荆州刺史。李神俊果然不负众望，成功抵挡住了来自南朝萧梁的侵犯。李神俊“风韵秀举，博学多闻”[2]，朝廷典章及世家情况，多所熟悉。他笃好文学雅乐，到老不辍，凡是和他交游的，都是当时的名士。

在陇西李氏家族中，有一位在当时与李神俊并称为“一时名士”的家族成员，他就是李琰之。李琰之是李神俊族兄弟，字景珍，小字默蠡。早有盛名，时人称

---

[1] 《周书》卷四四《李迁哲传》，北京：中华书局1971年版，第793页。

[2] 《魏书》卷三九《李宝传附李神俊传》，第896页。

他为“神童”。族父李冲很是为他自豪，每每对人说：“将来兴盛我李氏家族的，不就是这个孩子吗？”李冲经常资助李琰之，怜爱如同自己亲生的孩子。李琰之二十岁时被推荐为秀才，可不愿做官，只想避世隐居于河内山中。后来，侍中李彪推荐他担任著作郎，编修国史。升国子博士，任尚书仪曹郎中，继续编修国史。升任国子祭酒，后兼尚书左仆射。

李琰之二子李纲、李慧，跟随孝武帝进入关中，出仕西魏北周。李纲之子李充节，少慷慨，有英略。隋朝开皇年间，以行军总管之职击突厥有功，封上柱国、武阳郡公、朔州总管。李充节甚有威名，为突厥所惮，有其先祖李广之风。其子李大亮，唐朝开国功臣。

值得注意的是，西魏北周的一些旁族勋贵，在地位上升之后，也冒称自己是陇西李氏的后代。如李贤兄弟，《北史·李贤传》称其“自云陇西成纪人，汉骑都尉陵之后也”[1]，可见作为陇西李氏正宗后代的李延寿，对他们冒称陇西李氏，是颇有微词的。李贤兄弟作为关陇贵族集团的重要人物，在西魏北周颇受信任，《李贤墓志》云：“官爵隆于四世，子孙茂于八凯。略叙一门之中为柱国者二、大将军者三、开府者七、仪同者九、孤卿者六、方伯者十有五焉。至于常侍、侍中之任，武卫、武率之职，总管、监军之名，车骑、骠骑之号，冠盖交错，剑佩陆离，胡可称矣。”李贤之兄李穆，在隋初地位极高，“子孙虽在襁褓，悉拜仪同，其一门执象笏者百余人。”[2]不过，客观来说，这种旁族勋贵的攀附与冒称，又在无形中提高了陇西李氏家族的社会声望。

❶《北史》卷四七《李贤传》，第2105页。
❷《隋书》卷三七《李穆传》，第1117页。

第二章

陇西李氏的文化传统

陈寅恪先生《唐代政治史述论稿》中认为："夫士族之特点既在其门风之优美，不同于凡庶，而优美之门风，实基于学业之因袭，故士族家世相传之学业乃与当时之政治社会有极重要之影响。"[1]钱穆先生也认为，"当时门第传统共同理想所希望于门第中人，上自贤父兄，下至佳子弟，不外两大要目：一则希望其能具孝友之内行，一则希望其能有经籍文史学业之修养，此两种希望，并合成为当时共同之家教。其前一项之表现，则成为家风，后一项之表现，则成为家学。"[2]概而言之，世家大族的家传文化应包括两部分：一部分是家传思想，即家风；另一部分是家传学术，即家学。

第一节　士族门风

陇西李氏重新崛起于魏晋时期，本为河西地方大族，至北朝而发展壮大，成为名门望族。关于北朝世家大族的类型，陈爽先生在《世家大族与北朝政治》一书中分为两种，即以宗族为根基，以武力为特征的地方豪族，和以官宦为标志，以文化为特征的名家大族。[3]

关于世家大族形成的途径，毛汉光先生在《中国中古社会史论》中有过精辟的论述。他认为，形成士族有三大主要途径。一是经过政治途径，即由于参与新

---

[1] 陈寅恪《唐代政治史述论稿》，上海：上海古籍出版社 1997 年版，第 71 页。

[2] 钱穆《略论魏晋南北朝学术文化与当时门第之关系》，《新亚学报》，1963 年 5 期，第 54 页。

[3] 陈爽《世家大族与北朝政治》，北京：中国社会科学出版社 1998 年版，第 190 页。

政的建立或辅助新君的登基，或由于皇帝的宠幸，或由于外戚等因素而居官位，其后并能保持若干代官宦的家族。二是经过文化途径，即由于经传、法律、历法等学问的精通，借此入仕而能若干代官宦的家族。三是经过经济途径，即凭借经济的力量，或由大地主、或由巨商大贾入仕，而能若干代官宦的家族。[1]

西晋末年，李弇、李卓带领家族避难前凉，陇西李氏自此迁徙至河西立足，成为河西地方豪族。魏晋时期，陇西李氏也开始了向文化士族的转变。由于西凉的建立，北魏李冲的贵盛，到了北朝中后期，陇西李氏官宦荣耀已达顶点。与此同时，陇西李氏持守家学不坠，尤其精于“三礼”之学，家族成员积极参与太和年间典章制度建设，使陇西李氏成功转变为以经学传家的名家大族。

陇西李氏本为陇右大姓。早在河西时代，陇西李氏就与安定张氏、晋昌唐氏、金城杨氏等河西大族有姻亲关系。发展到后来，李暠所建立的西凉政权，正是河西大族共同支持的结果。

《晋书·李暠传》记载：

以唐瑶为征东将军，郭谦为军谘祭酒，索仙为左长史，张邈为右长史，尹建兴为左司马，张体顺为右司马，张条为牧府左长史，令狐溢为右长史，张林为太府主簿，宋繇、张谡为从事中郎，繇加折冲将军，谡加扬武将军，索承明为牧府右司马，令狐迁为武卫将军、晋兴太守，氾德瑜为宁远将军、西郡太守，张靖为折冲将军、河湟太守，索训为威远将军，西平太守，赵开为骍马护军、大夏太守，索慈为广武太守，阴亮为西安太守，令狐赫为武威太守，索术为武兴太守，以招怀东夏。[2]

西凉灭亡后，后西凉政权时期，李氏能统治伊吾地区，存在整整二十年，除了善抚民众，深得人心之外，来自河西大族的坚定支援，也是它能够长期立足的

[1] 毛汉光《中国中古社会史论》，上海：上海书店出版社2002年版，第367页。
[2] 《晋书》卷八七《李暠传》，第2259页。

原因之一。

北魏统一河西，后西凉政权终结。唐长孺先生在《论北魏孝文帝定姓族》一文中认为，至北魏孝文帝改革，他在舍弃判定士族原有的标准，并重新分定姓族之后，决定陇西李氏成为当代第一流高门的主要因素，其实是当代官爵，特别是由于李冲的宠遇。❶自李宝家族东迁入魏，作为后起之秀的陇西李氏，其门第渊源和家世背景，与崔、卢、郑、王等传统世家大族形成了一定差别，为了弥补门第的不足，提升家族自信心，同时获取其他大族支持，以巩固既得利益，李冲等人利用政治上的优势，与皇室及中原大族结成了广泛的婚姻关系。

《资治通鉴》卷一四〇建武三年（495年）：

魏主雅重门族，以范阳卢敏、清河崔宗伯、荥阳郑羲、太原王琼四姓，衣冠所推，咸纳其女以充后宫。陇西李冲以才识见任，当朝贵重，所结姻娅，莫非清望，帝亦以其女为夫人。诏黄门郎、司徒左长史宋弁定诸州士族，多所升降。……其穆、陆、贺、刘、楼、于、嵇、尉八姓。自太祖已降，勋著当世，位尽王公，灼然可知者，且下司州、吏部，勿充猥官，一同四姓。❷

《魏书》李冲本传记载：

冲兄弟六人，四母所出，颇相忿阋。及冲之贵，封禄恩赐皆以共之，内外辑睦。父亡后同居二十余年，至洛乃别第宅，更相友爱，久无间然。皆冲之德也。❸

然显贵门族，务益六姻，兄弟子侄，皆有爵官，一家岁禄，万匹有余，是其亲者，虽复痴聋，无不超越官次。时论亦以此少之。❹

敦厚质朴，顾念宗族，提携姻戚，可以说是陇右“民俗质木”的体现，也可

❶ 唐长孺《魏晋南北朝史论拾遗》，北京：中华书局1983年版，第83-84页。
❷ 《资治通鉴》卷一四〇，第4474页。
❸ 《魏书》卷五三，第1189页。
❹ 《魏书》卷五三，第1187页。

以视为陇西李氏的独特门风。《南史》卷二五《王懿传》："北土重同姓，并谓之骨肉，有远来相投者，莫不竭力营赡。若有一人不至者，以为不义，不为乡邑所容。"[1]《颜氏家训》卷二《风操篇》："凡宗亲世数，有从父，有从祖，有族祖。江南风俗，自兹以往，高秩者，通呼为尊，同昭穆者，虽百世犹称兄弟；若对他人称之，皆云族人。河北士人，虽三二十世，犹呼为从伯从叔。梁武帝尝问一中土人曰：'卿北人，何故不知有族？'答云：'骨肉易疏，不忍言族耳。'当时虽为敏对，于礼未通。"[2]于此可见，十六国北朝时代，北方人的族姓观念是非常强烈的，这种意识也深刻地影响着人们的言谈举止和生活方式。李冲"显贵门族，务益六姻"，似也不宜过分苛责。

第二节 家传学术

所谓家学，主要指世代传承的深厚文化积淀，它涵盖的范围很广，除经学、文学、史学之外，家学还包括了其他杂学。《颜氏家训·杂艺篇》，就提到书法、绘画、射箭、医疗、弹琴、围棋、算术、博弈、投壶之类，种类繁多，名目丰富。

一般来说，世家大族必须具有鲜明的文化特征。余英时先生在论及汉代以来士族形成的过程时认为，士族的发展可以从两个方面来理解：一方面是士人在政治上得势之后，转而扩张家族的财势。另一方面是强宗大姓的士族化，即强宗大族让子弟读书，从而转变为士族。这两方面，在多数情况下，成为互为因果的社会循环。[3]田余庆先生对此也有非常深刻的认识，他在《东晋门阀政治》一书中，专设"门阀士族的文化面貌"一节，在田先生看来，社会上展露头角的世家大族或士族，在学术文化方面一般都具有特征。那些雄张乡里的豪强，在经济、政治上可以称霸一方，但由于缺乏学术文化修养而不为世所重，地位难以持久，更难

[1] 《南史》卷二五《王懿传》，北京：中华书局 1975 年版，第 672 页。
[2] 王利器《颜氏家训集解》（增补本），北京：中华书局 1993 年版，第 86-87 页。
[3] 余英时《士与中国文化》，上海：上海人民出版社 2003 年版，第 197 页。

得入于士流。反之，读书人出自寒微者，却由于入仕而得以逐步发展家族势力，以至于跻身士流，为世望族。❶

魏晋南北朝时期，陇西李氏的家学主体仍然是儒家经学，并且出现一批以李暠、李冲、李神俊等为代表的颇有影响力的人物。

永嘉之乱后，北方经学中衰可谓十分严重。自十六国以来，尤其是北魏统一北方之后，社会逐步趋于稳定，经学渐次恢复。北方各族帝王基于巩固广大汉地统治的需要，往往以华夏正统自居，如北魏就曾贬称南朝为“岛夷”，自命为天朝上国。为了争取汉人的支持，统治者必须对汉文化表示认同。儒学作为汉文化的代表和基石，自然受到他们的推崇，而儒家统治思想又以经书作为依归，故十六国、北朝历代对经典十分重视，经学研究逐渐兴起。

北魏于386年建立，此时的北中国割据政权林立，弱肉强食，战乱频仍，北魏的前三代君主为生存和发展做出了种种努力。经过半个世纪的攻伐，至太延五年（439年），太武帝拓跋焘消灭北凉，彻底统一了北方。陈寅恪先生于《隋唐制度渊源略论稿》中指出：“西晋永嘉之乱，中原魏晋以降之文化转移保存于凉州一隅，至北魏取凉州，而河西文化遂输入于魏，其后北魏孝文、宣武两代所制定之典章制度遂深受其影响。”❷陈先生认为，北魏文化上承十六国而来，尤其是河西地区，对于北魏的文化建设影响巨大。他分析河西文化能够保存儒学传统的原因在于，当中原大乱时，相对和平安定的河西地区接纳了大量来此避难的儒家学者，而且经学作为家学传承，易于在乱世中保持延续。在河西诸政权中，前凉、西凉的建立者张轨、李暠本是汉族世家，故奖掖儒术；后凉、南凉、北凉统治者虽然不是汉族，但他们都仰慕汉族文化，重用士人，故儒学也受到褒扬。比如以著《六经要注》闻名北魏的常爽，他的祖父因战乱避居凉州，北凉灭后，常爽归魏，在京师设馆教授门生七百余人，“京师学业，翕然复兴”❸。

---

❶ 田余庆《东晋门阀政治》，北京：北京大学出版社2012年版，第338页。
❷ 陈寅恪《隋唐制度渊源略论稿》，北京：三联书店2001年版，第4页。
❸ 《魏书》卷八四《常爽传》，北京：中华书局1974年版，第1848页。

北魏经学的发展，从外部环境来说，和统治者的提倡有关。北魏世代坚持尊儒重教的国策。道武帝初定中原，“虽日不暇给，始建都邑，便以经术为先，立太学，置五经博士生员千有余人”。明元帝时，改国子学为中书学，立教授博士。太武帝别起太学于城东，后征大儒卢玄、高允等，而令州郡各举才学，经学转兴。献文帝时，建立乡学，郡设博士，进一步完善基层教育体系。孝文帝本人精通经典，尊崇儒士，及迁都洛阳，诏立国子太学、四门小学。宣武帝即位，“时天下承平，学业大盛。故燕齐赵魏之间，横经著录，不可胜数。大者千余人，小者犹数百。州举茂异，郡贡孝廉，对扬王廷，每年逾众。”经学发展到极盛。

北魏后来分裂为东魏、西魏，东、西魏没有维持多久。577 年，北周灭北齐，北方再次归于统一，从而为继起的隋朝统一全国奠定了基础。北周北齐统治上层具有明显的鲜卑化倾向，但在学校制度和人才选拔方面则大体延续了北魏的既定政策，统治者也比较能够尊重儒者、发扬儒学。如高欢曾征召精通《毛诗》的李铉教授诸子[1]，宇文泰更是“雅好经术”[2]，委托卢景宣、长孙绍远修礼正乐。

综上所论，我们不难发现，在南朝采取措施加强儒学的同时，北朝儒学也获得了一定程度的发展，其高峰大致出现于孝文帝改制以后。北朝儒学的复兴同统治者的提倡紧密相关，也与其社会发展程度正相适应。北朝陇西李氏的代表人物李冲，之所以受到冯太后与孝文帝的宠遇，正与此密切相关。在李冲的积极引导和扶持之下，陇西李氏家族乘势崛起。

除此而外，学术交流对这一时期经学研究具有推动作用，如崔光、刘芳、王肃等都是自南徙北的学者。虽然学者北迁往往和政治行为有关，而且未必同他们的愿望相合，但在客观上还是有利于学术文化进步的，具有相当积极的意义。青、兖、徐等州本属于南朝刘宋版图，北魏趁南朝内乱，从魏献文帝天安元年（466 年）到皇兴三年（469 年），出兵占领了这一地区，即历史上的“河表七州”，并把不少居民迁往都城平城，称为“平齐民”。这些“平齐民”中就包括刘芳、崔光、

---

[1] 《北齐书》卷四四《儒林传》，北京：中华书局 1972 年版，第 582 页。
[2] 《周书》卷四五《儒林传》，北京：中华书局 1971 年版，第 806 页。

刘孝标等。献文帝死后，继位者孝文帝推行汉化，得到了王肃的协助。王肃本是南朝人，因父兄被齐武帝杀害，便从建康逃至北魏。王肃带来了南朝学术新气象，一时间北魏效仿南朝之风颇盛。刘芳是李神俊岳父，崔光与李冲从叔李衍对门婚姻，王肃协助李冲改革官制。在这些由南入北学者的影响之下，陇西李氏的学术思想必然会发生新的变化。

除了上述外部环境，陇西李氏自身的学术渊源成为学术传承的关键。

西汉中期以来，经学内部今文经与古文经两大学派展开论争，纷纭不息，延续至东汉，汉末通儒郑玄兼采众家之长，集综合今古文经学之大成。正如《后汉书·郑玄传》中评价道："郑玄囊括大典，网罗众家，删裁繁诬，刊改漏失，自是学者略知所归。"❶

郑玄自成一家之言，从者甚众，这就是经学发展史上的郑学。郑学要求学者博通群籍，擅长训诂，能够穷源追本，具有考证详实的特点。汉朝末年，自董卓之乱后黄河以南地区战争频繁，黄河以北相对比较平静，郑玄避地河北，晚年依附袁绍并卒于邺城（今河北临漳），河北士人深受其影响，学术水准亦获得了很大的提升。

三国时期玄学兴起于河南，大河以北仍然坚持郑学传统。玄学对河北学人几乎没有什么触动，"玄学只是洛阳之学，而且只是洛阳第一流士族之学。洛阳城外无玄学，洛阳第一流士族之外，无玄学"❷。下面这则故事颇能说明问题。

褚季野语孙安国云："北人学问渊综广博。"孙答曰："南人学问精通简要。"支道林闻之，曰："圣贤固所忘言，自中人以还，北人看书如显处视月，南人学问如牖中窥日。"❸

❶《后汉书》卷三五《郑玄传》，北京：中华书局1965年版，第1213页。
❷ 白寿彝《中国通史》（第5卷），上海：上海人民出版社1995年版，第436页。
❸ 徐震堮《世说新语校笺》，北京：中华书局1984年版，第117页。

据唐长孺先生研究，东晋褚裒是阳翟（今河南禹州）人，孙盛是太原中都（今山西平遥）人，魏晋人所谓的南北实指黄河南北，南迁侨人并不曾放弃他们的籍贯，褚、孙二人的对话只是表示黄河南北士人对彼此的推重，并无自矜争强之意。褚裒所谓“渊综广博”指大河以北流行的汉儒经说传注；孙盛所谓“精通简要”是指大河以南流行的玄学。❶

西晋灭亡，司马睿在建康称帝，建立东晋，中国历史上第一次出现南北对峙的局面，学术方面也呈现出前所未有的分割阻绝状态。大批名士南渡避乱，本来盛行于河南之地的玄学就此传播到南方。这时的中原沦为群雄逐鹿的战场，残破不堪，满目疮痍，士人自顾不暇，辗转沟壑，四散流亡，缺乏进行学术研究的安定环境，玄学在北方几成绝响。南北割据，立政不统，经学传授殊途，学术风尚各异，渐有南学、北学之分。比较而言，北人继承了汉儒衣钵，崇尚郑学，排斥玄学。经师说经，渊源有自，业成之后，又各以所著书开启后学。北学恪守家法，讲明章句训诂以外，不妄发新义，学风朴实而保守。

《北史·儒林传序》称：

> 江左，《周易》则王辅嗣，《尚书》则孔安国，《左传》则杜元凯；河、洛，《左传》则服子慎，《尚书》、《周易》则郑康成，《诗》则并主于毛公，《礼》则同遵于郑氏。❷

这里提到的江左，指长江下游一带，即指代南朝；河、洛，指黄河流域，也就是北朝的代称。所谓南学、北学，并非从传承内容上着眼，主要是就不同的经注旨趣和学术品味进行区别。《隋书·儒林传序》概括南北学问特点为：“南人约简，得其英华；北人深芜，穷其枝叶。”❸

---

❶ 唐长孺《魏晋南北朝史论丛》，石家庄：河北教育出版社 2000 年版，第 347 页。

❷ 《北史》卷八一《儒林传》，第 2709 页。

❸ 《隋书》卷七五《儒林传》，北京：中华书局 1973 年版，第 1706 页。

直到北朝后期，这种状况仍然没有多大改变。东魏天平四年（537年），硕学通儒李业兴出使梁朝，与梁朝大臣和梁武帝萧衍讨论经传礼仪。萧衍问他：“《易》曰太极，是有无？”业兴对：“所传太极是有，素不玄学，何敢辄酬。”太极有无，在汉学和玄学的解释是不同的。汉儒多认为太极为元始未分之气，即作为原始统一体的“有”而存在，魏晋学者以无为本，太极等同于无。所以有无，意味着是接受汉学还是玄学。萧衍问曰：“闻卿善于经义，儒、玄之中何所通达？”业兴曰：“少为书生，止读五典，至于深义，不辨通释。”[1]李业兴为徐遵明弟子，博闻多识，素不玄学，反映出南北学术的差别，南方儒玄兼崇，北方谨守郑学，不善玄言。

北人学风博赡质朴，北朝经学的主流在于注重事象的考辨。如北魏李谧在《明堂制度论》一文中的观点就很有代表性，李谧言：“论事辨物，当取正于经典之真文；援证定疑，必有验于周孔之遗训。然后可以称准的矣。”他考证明堂制的具体方法是：“乃借之以《礼传》，参之以训注，博采先贤之言，广搜通儒之说，量其当否，参其同异，弃其所短，收其所长，推义察图，以折厥衷。”这是北人治经的基本态度和典型方法。[2]从总的倾向上来看，北人强调对经典文意的正确理解，这就必然要求从文字本身入手，以章句训诂为宗，不避烦琐；力图继承古圣先贤笃实敦厚的遗教，自觉摒弃浮华之风，以严遵师说为事，忌越雷池。陇西李氏精于“三礼”之学，礼学细密而切实，推测其治经方法，应该也不外乎以上所论。

论及陇西李氏学术渊源，主要可以从家传和师承两个方面进行探讨。

据史书记载，311年，“洛京倾覆，中州士女避乱江左者十六七”[3]，河北一带士人则很少南迁，个中原因比较复杂。早在西晋“八王之乱”时，河北由于离洛阳较远，战事很少波及。后来匈奴、羯族入侵，河北由于有忠于晋王朝的将领镇守，相对比较安定，有些黄河以南的士人在战乱之初，就曾来此避难，其中包括著名作家左思。石勒攻陷河北，士人南逃之路彻底断绝，纷纷筑坞堡自守。坞

[1] 《魏书》卷八四《李业兴传》，第1864页。
[2] 《魏书》卷九十《李谧传》，第1932页。
[3] 《晋书》卷六五《王导传》，第1745页。

堡以血缘为纽带，以宗族为依靠，“或百室合户，或千丁共籍”[1]，聚族而居，团结一致，聚兵自卫，相互扶持。士人身处坞堡之中，在外出求学已不可能的情况下，依靠父子兄弟互相传授儒学。故钱穆先生曾说当时“北方虽云扰，而北方儒统未绝”[2]。坞堡内学术传承虽有赖于家学，但其内容仍以郑学为主。赵翼《廿二史札记》云：“盖自汉末郑康成以经学教授，门下著录者万人，流风所被，士皆以通经绩学为业……虽经刘、石诸朝之乱，而士袭相承，未尽变坏。”[3]

这种坞堡组织也深刻影响了北方士人的立身行事和生活方式，他们大多行为端庄，重视礼教，顾念亲情。出则身为民范，入则恭谨自守，好学笃行，声誉卓著。其中最有名的如清河崔氏、博陵崔氏、范阳卢氏、荥阳郑氏、赵郡李氏、河东裴氏等北方大族，家传学术，闻名遐迩。比如，清河崔氏与范阳卢氏世代通婚，关系密切，据史书记载，崔浩言：“对子真（卢玄），使我怀古之情更深。”[4]可见他们在文化传统上的相互推崇。北魏建立之初，迫切需要汉族士人帮助建立行政机构及礼乐制度，稳定社会秩序，不得不依靠坞堡组织，坞堡中的士人于是有了更多的机会参与北朝制度建设和文化建设。清河崔浩、范阳卢玄、勃海高允，后来都成为北魏前期才学兼优的重臣。

河西地区未遭战乱，一度作为文化中心而存在，儒学底蕴较为深厚，故能保存学术，不使灭绝。河西文化直接继承了郑玄之学，与河北是一致的。常爽本河内温人，他的祖父“因世乱遂居凉州”[5]，常爽生长于凉州，后来归服北魏。陇西李氏的代表人物，西凉李暠，“通涉经史，尤善文义”[6]。李暠的父亲李昶，曾任前凉太子侍讲，足见其家学有自。李暠与河西大儒刘昞君臣相得，以刘备遇诸葛亮自比。刘昞，字延明，敦煌人。北魏平凉州，命令士民东迁，太武帝因刘昞已

---

[1] 《晋书》卷一二七《慕容德载记》，第 3161 页。
[2] 钱穆《国史大纲》，北京：商务印书馆 1996 年版，第 280 页。
[3] 王树民《廿二史札记校证》，北京：中华书局 1984 年版，第 312 页。
[4] 《魏书》卷四七《卢玄传》，第 1045 页。
[5] 《魏书》卷八四《常爽传》，第 1848 页。
[6] 《晋书》卷八七《李暠传》，第 2257 页。

七十以上，让他留在本乡，由次子赡养。刘昞有六子，除长子早亡，次子留守外，其他四子，全部迁往平城。那些来自凉州的士人，他们以及自己的后裔，成了北朝学术文化复兴的一支重要力量。

随着北魏在中原统治的稳固，社会趋于安定，士人逐渐从家庭中走出来，投身于新朝的建设事业中，家学的重要性开始淡化，逐渐让位于师学，也就是说，北朝师学远较家学发达。北朝经学传播主要依靠师徒传授，上自帝王显贵，下至一般士子，普遍把学校教育作为接受知识的正规途径。陇西李氏家族成员中，很多都以中书学生的身份起家，就证明了这一点。

陇西李氏家学深厚，学业专精，尤其精于礼学。那些家族精英们，往往能够通习经典，使得经典对其立身行事，发挥着潜移默化的影响。故能在出仕以后，通经致用，济世利民。

北朝后期，随着政治地位的下降，陇西李氏的家学出现了新的变化，开始从儒学尤其是礼学研究，逐渐向文史之学转变，虽然二者同时存在，但不容否认的是，文史之学的地位越来越重要，出现了文学家李神俊、李琰之，以及李大师、李延寿父子这样的史学大家。

第三节　家族特征

作为文化士族的陇西李氏，具有十分明显的家族特点。

第一，李氏子弟大都具有较高的文化修养，学有所成，坚持操守。

李暠三世孙李茂，字仲宗，袭父爵敦煌公。孝文帝初年，任西兖州刺史，入朝担任光禄大夫。茂“性谦慎”[1]，因为弟弟李冲恩遇隆盛，故对他的得志十分担忧，李茂以自己年老有病为借口，坚决请求辞官。孝文帝尊重他的意见，允许他回到家中，于是居住在定州的中山。从此悠闲地居住在自己家中，不入京师，寿终正寝。

李暠五世孙，即李承的孙辈，他们的表字，是按照“道德仁义”这一顺序来

---

[1]《魏书》卷三九《李宝传附茂传》，第 891 页。

确定的。五世孙李彧的七个儿子，即李冲的七个曾孙，都是李彧和彭城王元勰之女丰亭公主所生，他们用道、德、仁、义、礼、智、信为孩子命名。

五世孙李屿，北齐受禅，东魏终结，他不愿策名两朝，朝廷多次以宿德耆旧征召他，一旦事毕，他即刻返回。文宣帝高洋曾命李玙参加华林宴，访问旧事，对他十分敬重。

五世孙李晓，字仁略，太尉李虔之子。“少而简素，博涉经史，早有时誉”[1]。尔朱荣立孝庄帝，李晓兄弟四人，与百官准备迎接。在出发的前一天晚上，他的衣冠被老鼠咬坏，因此没有成行，而他的三位兄长都在河阴遇害。李晓带着几个侄儿，微服潜行，避难东郡。东魏建立，迁都邺城，李晓便寓居清河，依靠从母兄弟崔悛。李晓尽心抚育几位兄长的遗孤，将他们培养成为学问品行出众的人才，舆论由此盛赞李晓。李晓自从河阴家祸之后，淡泊名利，外兄范阳卢叔彪劝他出仕，前后多次，他坚决不从。北齐天保年间，他才勉强受命，历官广武、东郡二郡太守，施政宽惠，百姓感怀。

六世孙李产之，李瑾长子，李韶之孙，字孙侨。身材矮小，容貌丑陋。由于父亲在“河阴之变”中遇难，李产之担负起了抚养教育五个弟弟的重任，慈爱友善，关怀备至。他的舅父卢道将称赞他说：“李产之孝悌兼备，的确是李公的好孙子啊。”卢道将，《魏书》卷四七有传。卢道将，范阳涿人，字祖业，卢渊长子。他本应袭父爵位，而让给了八弟卢道舒。道将“涉猎经史，风气謇谔，颇有文才，为一家后来之冠，诸父并敬惮之。彭城王勰、任城王澄皆虚襟相待。……出为燕郡太守。道将下车，表乐毅、霍原之墓，而为之立祠。优礼儒生。励劝学业，敦课农桑，垦田岁倍。……所为文笔数十篇。”[2]

史载“产之兄弟，并有器望”“诸妇相亲，皆如姊妹”[3]。李产之二弟李倩之，字曼容，清通旷达，爱好文学。北齐天保初年，担任阳翟郡守，为政清静，深受

---

[1] 《北史》卷一百《序传》，第 3338 页。

[2] 《魏书》卷四七《卢玄传附卢道将传》，第 1050-1051 页。

[3] 《北史》卷一百《序传》，第 3322 页。

百姓称道。三弟李寿之，性格坚贞耿介，诚实守信。四弟李礼之，与妻子郑氏感情很深，郑氏去世不久，李礼之也随她而去。李倩之墓志和李礼之墓志，近年在河南安阳出土。五弟李行之，字义通，小字师子。举动守礼，与兄弟深相友爱。出仕北齐，任职都水使者、齐郡太守，人们尊称他为“李御史”。北周灭北齐，担任北周冬官府司寺下大夫。隋朝开皇初年，封爵固始县男。六弟李凝之，字惠坚。生性恬静，不乐仕途，后弃官归里。李凝之明了医道，善于养生，淡泊名利，享有高寿。

北齐文宣帝高洋昏庸残暴，李倩之无罪被杀，天下人都替他感到冤屈。李倩之的弟弟们，深相友爱，对当时险恶的政治环境毫不介意，为李倩之发丧举哀，极其悲痛。赵郡李荣亲临现场，不由感叹道：“陇西李氏的风范，海内所称道，我今天总算亲眼看到了，这才是我辈应该努力效法的境界啊。”七世孙李仲膺，李产之之子，字公祀。在父辈的言传身教之下，他以学问品行著称于世。出仕北周，为东京少吏部上士。隋朝开皇年间，在荆州总管司马任上去世。

六世孙李超，字仲举，以字行于世。他就是史学大家李延寿的祖父。“性方雅善制，白皙美须眉，高简宏达，风调疏远。”[1]李仲举博涉经史，不好章句，精通礼学，亲友们处理婚丧嫁娶这类事情，往往都向他请教。李仲举与范阳卢昌衡等八人，同被朝廷征召，任命为县令。仲举施政宽简，被百姓誉为“宽明”，而卢昌衡被誉为“恩明”“故时称卢、李恩宽之政”[2]。北周围攻晋阳，李仲举与行台左丞侯子钦守城，外无救援，侯子钦打算向周军投降，李仲举以不合道义为由，表示坚决反对。城破之后，他又尽力善后，劝说北周将领梁士彦，息兵安民。周灭齐，携家入关。李仲举思乡心切，妻伯父京兆尹博陵崔宣猷，将他强留长安，不许离去。经他再三请求，才得以回到邺城。后来虽然也曾短期出仕，可不久就称病还乡，“以琴书自娱，优游赏逸，视人世蔑如也。”[3]李仲举有二子，即李大师与李行师。

---

[1] 《北史》卷一百《序传》，第 3339 页。
[2] 《北史》卷一百《序传》，第 3340 页。
[3] 《北史》卷一百《序传》，第 3341 页。

李大师有志于编著南北朝历史，可惜天不假年，其子李延寿继承父亲遗志，历时十六年，终于完成了《南史》与《北史》的写作。

此外，对陇西李氏德行的好评，不绝于书：

四世孙李孚，“恭顺笃厚”。（《魏书》卷三九《李宝传》，第 892 页）

五世孙李瓒，“少有风尚”。（《魏书》卷三九《李宝传》，第 888 页）

五世孙李德明，“敦重有器局”。（《北史》卷一百《序传》，第 3324 页）

六世孙李士万，“有雅望”。（《北史》卷一百《序传》，第 3323 页）

六世孙李法藏，“内清介”。（《北史》卷一百《序传》，第 3323 页）

六世孙李扬，“学尚有风仪”。（《北史》卷一百《序传》，第 3324 页）

六世孙李智源，“有器量”。（《北史》卷一百《序传》，第 3335 页）

六世孙李信则，“方雅廉慎”。（《北史》卷一百《序传》，第 3335 页）

第二，陇西李氏家学深厚，学业专精，精通典章制度之学。

《论语·先进》曰“文学：子游，子夏。”邢昺疏：“若文章博学，则有子游、子夏二人也。”文学，本意指文章博学。《礼记·大传》曰：“考文章，改正朔。”《论语·泰伯》曰：“焕乎其有文章。”文章，即指与礼乐制度有关的学问。“孔门四科”中的“文学”，指的是具有精通儒家经传、熟悉礼乐制度、学问渊博通透的才能。作为文化高门的陇西李氏，必然要求自身努力向儒家的“文学”标准靠拢。如果说士族家学的核心是经学的话，那么礼学就是核心中的核心。归根结底，知礼习礼的目的，还是为了敦睦宗族，延续家世。此外，士族人物特别重视典章制度的学习与实践，因为这是他们进入仕途的重要条件，而当代官爵的高低，又直接关系到门第的兴衰。故北朝士族对礼制的学习参与热情长盛不衰，这在陇西李氏这里，表现得尤为突出。

李暠三世孙李冲，“及议礼仪律令，润饰辞旨，刊定轻重，高祖虽自下笔，无不访决焉。”[1]“改置百司，开建五等，以冲参定典式，封荥阳郡开国侯，食邑八百户，拜廷尉卿。”[2]“北京明堂、圆丘、太庙，及洛都初基，安处郊兆，新起堂寝，皆资于冲。”[3]

四世孙李韶，与李冲年纪相当，深受叔父李冲器重。“时修改车服及羽仪制度，皆令韶典焉。”[4]宣武帝初，兼将作大匠，敕参定朝仪、律令。

李韶二弟李彦，“时朝仪典章咸未周备，彦留心考定，号为称职。”[5]

四世孙李神俊，“风韵秀举，博学多闻，朝廷旧章及人伦氏族，多所谙记。笃好文雅，老而不辍，凡所交游，皆一时名士。汲引后生，为其光价，四方才子，咸宗附之。”[6]

五世孙李瑾，乃李承之孙，“瑾与给事黄门侍郎王遵业、尚书郎卢观典领仪注。王、卢即瑾之外兄也。”[7]

六世孙李凝之，“笃好古文，精心典礼，以之终老，未尝懈倦。”[8]

六世孙李超，字仲举，以字行。“博涉经史，不守章句业，至于吉凶礼制，亲表咸取则焉。”[9]

第三，重视实用，学以致用，有政治才干。

三世孙李承，李宝长子，字伯业，年少时就很有谋略。李宝打算归附北魏，属下多有异议，年仅十三岁的李承却劝父亲早做决断，李宝最终下定了决心。李宝让李承作为质子带着降书前往平城。太武帝十分器重李承，赐爵姑臧侯。李宝去世，李承居丧遵礼，以守孝闻名。他认为自己已经有了爵位，便把父亲的爵位

---

❶《魏书》卷五三《李冲传》，第 1181 页。
❷《魏书》卷五三《李冲传》，第 1181 页。
❸《魏书》卷五三《李冲传》，第 1187 页。
❹《魏书》卷三九《李宝传附李韶传》，第 886 页。
❺《魏书》卷三九《李宝传附李彦传》，第 888 页。
❻《魏书》卷三九《李宝传附李神俊传》，第 896-897 页。
❼《魏书》卷三九《李宝传附李瑾传》，第 888 页。
❽《北史》卷一百《序传》，第 3321-3322 页。
❾《北史》卷一百《序传》，第 3339 页。

让给弟弟李茂，时人十分称赞他的这种举动。李承“方裕有鉴裁”[1]，担任荥阳太守等地方官期间，为政严明，声誉显著。李承孝顺父母，友爱兄弟，为政有方，在他身上，表现出了鲜明的儒家特质。

李承弟弟李辅，字督真（实际为叔直），亦有人望，以中书博士出仕。太和初年，孝文帝为弟弟咸阳王元禧所纳王妃，就是李辅的女儿。李辅任颍川太守，领有长社戍。他对境内百姓进行怀柔安抚，深得边境民众信赖。

四世孙李彦，字次仲，学业专精。太和改制，“时朝仪典章咸未周备，彦留心考定，号为称职。”他曾多次劝谏孝文帝南征，孝文帝虽然没有采纳，但是对他的忠诚十分赞赏。延昌二年夏，大雨不止，河流泛滥，李彦“相水陆形势，随便疏通，得无淹渍之害。”[2]治水有功，利国利民。永安（孝庄帝元子攸年号）年间，追赠侍中、骠骑大将军、司徒公、雍州刺史，谥曰孝贞。

五世孙李玙，字道璠，“温雅有识量”“器望兼美，闲于政事”[3]。辅佐汝南王元悦，兢兢业业。永安初年，以本官兼度支尚书，袭封安城县伯。东魏建立，迁都邺城，留李玙在洛阳善后，监掌府库。后来主持撤运宫庙材木事宜，以明断干练著称。出为东徐州刺史，为政清静，百姓感念。

六世孙李行之，“简静，善守门业，多识前言往行，而不以文学自名。居丧尽礼，与兄弟深相友爱。”[4]出仕北齐，任职都水使者、齐郡太守，人们尊称他为“李御史”。北周灭北齐，担任北周冬官府司寺下大夫。隋朝开皇初年，封爵固始县男。

六世孙李裒和弟弟李奭，任职地方，“并以干局见知。”[5]

第四，陇西李氏，其发展往往遵循“文武并重”甚或“重武轻文”的策略。

唐长孺先生在《魏晋南北朝隋唐史三论》一书中，曾专门分析了南北朝门阀士族的差异，其中一个重要的不同，就是北人对于武事的重视，要远远超过南人，

---

[1]《魏书》卷三九《李宝传附李承传》，第886页。
[2]《魏书》卷三九《李宝传附李彦传》，第889页。
[3]《北史》卷一百《序传》，第3319页。
[4]《北史》卷一百《序传》，第3321页。
[5]《北史》卷一百《序传》，第3324页。

其论称“总之北朝士族中不乏将才，并始终拥有以宗族乡里为基础的潜在军事实力，绝不像南朝高门那样鄙薄军武”[1]，并举范阳卢氏、赵郡李氏及渤海高氏等为例进行说明。事实上，陇西李氏家族也多有以勇武见称于世者。

李暠三世孙李佐，字季翼，“有文武才干”[2]。孝文帝初年，兼散骑常侍，奉命出使高丽。因奉使称旨，不辱使命，受到封赏。任职地方，政绩突出。孝文帝南征，李佐率军攻下重镇新野。等到大军凯旋，孝文帝拉着李佐的手，对他说道：“沔北一带，是京师洛阳的南门，爱卿既然替朕平定下来，也应当为朕善加守护。”李佐主持荆州防务期间，很有威信，边民乐意归附，先后归附他的有两万家左右。宣武帝初年，征还朝廷，任职都官尚书。

四世孙李虔，字叔恭。太和初年，为中书学生。宣武帝即位初年，京兆王元愉叛乱，时任清河太守的李虔脱离险境，返回朝廷。宣武帝听说李虔回来了，对左右说：“李虔在冀州时间长了，恩德信义施加于人，现在回归朝廷，叛军的人心自然瓦解。”于是任命他去前线慰劳，平息了事变。延昌初年，冀州再次发生叛乱，皇帝命李虔和都督元遥前去平定。升任后将军、燕州刺史。后来追论平定冀州之功，赐爵高平男。

四世孙李琰之，虽出身于儒学世家，可是常对别人说，自己是武将世家，还说自己身上带有关西豪气。他在荆州刺史等地方任上，非常喜欢射猎，借以表达尚武之志。

四世孙李神儁，年少时即以才学知名于世，太常刘芳对他很欣赏，把女儿嫁给了他。后为前将军、荆州刺史。李神儁文武兼备，梁将曹敬宗引水灌城，李神儁安抚兵民，全力固守。战争结束后，城外有很多暴露在外的敌军骸骨，他命令将其妥善掩埋，可谓善举。后来追论守卫荆州之功，李神儁被封为千乘县开国侯。

四世孙李季安，粗涉书史，北海王元颢为关西都督，李季安被任命为长史，委以军政。后在军中去世，赠征虏将军、凉州刺史。

---

[1] 唐长孺《魏晋南北朝隋唐史三论》，武汉：武汉大学出版社1992年版，第173页。

[2] 《魏书》卷三九《李宝传附李佐传》，第884页。

五世孙李充，字德广，以字行。弱冠之年，起家太学博士。他父亲李彦死于秦州叛乱，等到大将军萧宝夤率军平叛，李德广招募军队，加入战斗，连战连捷，于是亲手杀了仇人，替父报仇。后来他发现萧宝夤有异志，就返回朝廷，朝廷加爵，辞而不受。萧宝夤与万俟丑奴一同反叛，大行台尔朱天光用了李德广的计谋，不久就平定了秦、陇一带的动乱。李德广痛悼父亲死于非命，终身不吃酒肉。他的妹夫卢元明大为感动，嗟叹不已。

北朝后期，战乱频仍。西魏北周，崇尚武功，不重阀阅。进入西魏北周的陇西李氏家族成员，其发展遵循“文武并重”的策略，对武事相当重视，故陇西李氏家族涌现出了一批优秀的军事将领，如名将李礼成。

六世孙李礼成，字孝谐，时年七岁，与姑母之子兰陵太守荥阳郑颢，跟随孝武帝入关。李礼成“沈深有行检，不妄通宾客”❶。北周受禅，西魏终结。当时的贵胄公子练习弓马骑射，都穿着戎装。李礼成虽善骑射，却喜欢穿着儒服，仪态高雅。伐齐之役，跟随周武帝宇文邕包围晋阳，他忠心护主，解救周武帝于危难之中。李礼成妻子窦氏早没，他深知外戚杨坚人才出众，前途不可限量，于是娶杨坚之妹做继室。等到杨坚升任丞相，李礼成被委以重任，是杨坚心腹之一。后来突厥骚扰，李礼成以重臣身份镇守边境，抵御突厥。

❶ 《北史》卷一百《序传》，第 3334 页。

第三章
世家联姻与文学交流

自李宝东迁入魏，陇西李氏的门第渊源和家世背景，与崔、卢、郑、王等中原传统世家大族形成了一定的差别，为弥补门第的不足，李冲等人利用政治上的优势，与皇室及北方大族结成广泛的婚姻关系。

第一节　陇西李氏与北朝皇室

孝文帝依据《周礼》，在后宫设置三夫人、九嫔，以李冲的女儿为三夫人之一。他还为自己的两个弟弟，选择陇西李氏之女为妻。陇西李氏一时贵盛，其他高门难以匹敌。孝文帝元宏迎娶李冲女儿一事，仅见于《魏书·李冲传》“高祖初依《周礼》，置夫、嫔之列，以冲女为夫人。”[1]李冲的这个女儿，再不见于其他正史记载。《资治通鉴·齐纪六》云：“魏主雅重门族，以范阳卢敏、清河崔宗伯、荥阳郑羲、太原王琼四姓，衣冠所推，咸纳其女以充后宫。”[2]四姓衣冠之外，不曾提及陇西李氏。

关于李冲的子女情况，据铭刻于北魏正光五年（524年）的《魏故使持节假黄钺侍中太师领司徒都督中外诸军事彭城武宣王妃李氏墓志铭》（简称《李媛华墓志》）记载：

---

1 《资治通鉴》卷一百四十《齐纪六》，第2438页。
2 《资治通鉴》卷一百四十《齐纪六》，第2438页。

亡祖讳宝，使持节侍中镇西大将军开府仪同三司并州刺史敦煌宣公。亡父讳冲，司空清渊文穆公。/夫人荥阳郑氏。父德玄，字文通，宋散骑常侍，魏使持节冠军将军豫州刺史阳武靖侯。/兄延寔，今持节督光州诸军事左将军光州刺史清渊县开国侯。/亡弟休纂，故太子舍人。/弟延考，今太尉外兵参军。/姊长妃，适故使持节镇北将军相州刺史文恭子荥阳郑道昭。/姊伸王[1]，适故司徒主簿荥阳郑洪建。/姊令妃，适故使持节抚军青州刺史文子范阳卢道裕。/妹稚妃，适前轻车将军尚书郎中朝阳伯清河崔勗。/妹稚华，适今太尉参军事河南元季海。/子子讷，字令言，今彭城郡王。妃陇西李氏，父休纂。/子子攸，字彦达，今中书侍郎武城县开国公。/子子正，字休度，今霸城县开国公。/女楚华，今光城县主，适故光禄大夫长乐郡开国公长乐冯颢。父诞，故使持节侍中司徒长乐元公。/女季望[2]，今安阳乡主，适今员外散骑侍郎清渊世子陇西李惑[3]，父延寔。/妃讳媛华，陇西狄道县都乡和风里人。远胄高阳，遥源姬水，蕴无名于柱下，播奇功于塞上。及大/据河洛，光启霸功，道迈一匡，爵踰八命。仪同勋著西垂，司空名盖东夏。故已宠侔五公，事邻画一。/妃体贞明之质，禀淑令之姿，幼志有成，率由非奖。爰初设帨，及此方笄，播彩公宫，摛光牖下。及有/行将远，中谷时盈，瞻彼惟鸠，移天作合，河洲未比其德，琴瑟岂况其和。闺庭整峻，言不越阃。/武宣出统戎马，入总机权，百揆一人，万务由己，声绩允著，朝野嗟称。岂独外行所招，盖亦内德之/助。及崩城结涕，朝哭攒悲，藐尔诸孤，实凭训诱。诞此三良，形兹四国，无事断机，弗劳屡徙，而日就/月将，并标声价，齐名三虎，迈响八龙。妃既善母仪，兼闲妇德，三从有问，四教无违。帝宗仰其风流，/素族钦其盛轨。方当追踪上古，准的来今，享万钟之殊荣，尽色养之深愿。而倚伏难思，斯心未展，/遽等流川，奄如过客。以正光五年岁次甲辰正月癸未朔十五日丁酉薨于第。春秋卌有二。/二宫贻怆，疏亲轸悲，若以小大相方，故亦事兼无律。其年秋八月六日甲申合葬

---

[1] 据原墓志，“伸王”当作“仲玉”。

[2] 据原墓志，“季望”当作“季瑶”。

[3] 据《魏书》《北史》，“李惑”当作“李彧”，疑为刻写错误。

武宣王陵。乃作/铭曰：惟斗垂精，惟枢播灵，比肩世秀，闲出民英。八元腾实，三吏飞声，岂伊髦俊，亦降贤明。四行必修，六/礼无忒，立言成范，动容作则。望水齐智，瞻星比德，远彼公宫，来嫔邦国。王鵙比旦，鴮鶵兴燕，功毗/下武，勋格皇天。于昭中馈，宅后光先，陆离组佩，照耀簪钿。介兹简简，膺此穰穰，爰诞三胤，玉闰金/箱。德音秩秩，车服光光，颁圭锡社，且公且王。必祀迈种，母仪列蕃，邪茅凡蒋，夏清冬温。节高名贵，/道盛身尊，奄如悲谷，忽去高门。哀结未央，涕流长乐，物彩爰备，声明聿作。宛宛游鱼，团团飞鹤，眷/然城辇，长归冥漠。周附于毕，任合自鲁，追远慎终，千龄载睹。且驯毚菟，将繁宿莽，春兰秋菊，无绝/终古。[1]

墓主李媛华，乃李冲第四女，嫁给孝文帝次弟彭城王元勰为妃。由此墓志可知，李冲三子六女，都是嫡妻荥阳郑氏所生。三子即李延寔、李休纂、李延考，六女即李长妃、李仲玉、李令妃、李媛华、李稚妃、李稚华。大女长妃，嫁荥阳郑道昭，郑道昭乃郑平城从兄弟，郑羲之子；二女仲玉，嫁荥阳郑洪建，即郑羲之侄；三女令妃，嫁范阳卢道裕；四女媛华，嫁彭城王元勰；五女稚妃，嫁清河崔勗；六女稚华，嫁孝文帝曾孙元季海。

孝文帝“以冲女为夫人”[2]，家族中有女性能够嫁给皇帝，这本来应该是陇西李氏家族值得大书特书的事情，然而颇为奇怪的是，《李媛华墓志》中记载了李冲六女的婚配情况，唯独不曾提及成为孝文帝夫人的那个女儿。正史不书，墓志亦无载，这或许是由于该墓志只记录了嫡母所生的兄弟姐妹，而未提及庶出者的缘故。《颜氏家训·后娶篇》云：

江左不讳庶孽，丧室之后，多以妾媵终家事。疥癣蚊虻，或未能免，限以大分，故稀斗阋之耻。河北鄙于侧出，不预人流，是以必须重娶，至于三四，母年有少

[1] 赵超《汉魏南北朝墓志汇编》，天津：天津古籍出版社 2008 年版，第 148 页。
[2] 《魏书》卷五三《李冲传》，第 1181 页。

于子者。后母之弟与前妇之兄，衣服饮食，爰及婚宦，至于士庶贵贱之隔，俗以为常。身没之后，辞讼盈公门，谤辱彰道路，子诬母为妾，弟黜兄为佣，播扬先人之辞迹，暴露祖考之长短，以求直己者，往往而有，悲夫！[1]

墓志中有类似情况可以证明，如刻于景明四年（503 年）《元诱妻冯氏墓志》[2]、刻于孝昌元年（525 年）《元显魏墓志》[3]，志文中所记载的元诱妻、元显魏妻都是冯熙的女儿，可是刻于北魏正光五年（524 年）《冯季华墓志铭》中记述冯熙八女的婚嫁情况时[4]，对以上二位姐妹只字未提，应当是并非同母所生的缘故。将史书与墓志结合起来考察，李冲当不止三子六女，其中一个女儿后来成为孝文帝夫人。孝文帝通过自身迎娶李冲女儿这一举动，对重臣进行笼络，进一步密切了同高门士族的关系。

此外，孝文帝还为自己的弟弟选聘陇西李氏之女为王妃。《魏书》记载：

于时，王国舍人应取八族及清修之门，禧取任城王隶户为之，深为高祖所责。诏曰："夫婚姻之义，曩叶攸崇；求贤择偶，绵代斯慎。故刚柔著于《易经》，《鹊巢》载于《诗》典，所以重夫妇之道，美尸鸠之德，作配君子，流芳后昆者也。然则婚者，合二姓之好，结他族之亲，上以事宗庙，下以继后世，必敬慎重正而后亲之。夫妇既亲，然后父子君臣、礼义忠孝，于斯备矣。太祖龙飞九五，始稽远则，而拨乱创业，日昃不暇。至于诸王娉合之仪，宗室婚姻之戒，或得贤淑，或乖好逑。自兹以后，其风渐缺，皆人乏窈窕，族非百两，拟匹卑滥，舅氏轻微，违典滞俗，深用为叹。以皇子茂年，宜简令正，前者所纳，可为妾媵。将以此年为六弟娉室。长弟咸阳王禧可娉故颍川太守陇西李辅女，次弟河南王干可娉故中散代郡穆明乐女，次弟广陵王羽可娉骠骑谘议参军荥阳郑平城女，次弟颍川王雍可娉故中书博

---

1. 王利器《颜氏家训集解》（增补本），北京：中华书局 1993 年版，第 34 页。
2. 赵超《汉魏南北朝墓志汇编》，天津：天津古籍出版社 1992 年版，第 42 页。
3. 赵超《汉魏南北朝墓志汇编》，天津：天津古籍出版社 1992 年版，第 166 页。
4. 赵超《汉魏南北朝墓志汇编》，天津：天津古籍出版社 1992 年版，第 155 页。

士范阳卢神宝女，次弟始平王勰可娉廷尉卿陇西李冲女，季弟北海王详可娉吏部郎中荥阳郑懿女。”[1]

孝文帝长弟咸阳王元禧迎娶故颍川太守李冲之兄李辅的女儿，五弟始平王元勰迎娶时任廷尉卿李冲的女儿。李冲之兄李辅，字督真（实际为叔直），亦有人望，以中书博士出仕。李辅任颍川太守，领有长社戍。他对境内百姓进行怀柔安抚，深得边境民众信赖。六年，卒于郡，年四十七。赠征虏将军、秦州刺史、襄武侯，谥曰惠。孝文帝五弟始平王元勰，后为中书令，改封彭城王。元勰为孝文帝诸弟中最贤者，敏而好学，善属文。传见《魏书》卷二十一。有墓志出土，可资佐证：

魏故使持节侍中假黄钺都督中外诸军事／太师领司徒公彭城武宣王墓志铭／王讳勰，字彦和，司州河南洛阳光睦里人也。／显祖献文皇帝之第六子，／高祖孝文皇帝之弟。仕历侍中已下至太师。／十七除官。永平元年岁在戊子，春秋卅六，九／月十九日己亥薨。追赠使持节侍中假黄钺／都督中外诸军事太师领司徒公，谥曰武宣／王。其年十一月六日窆于长陵北山。其辞曰：／承干体极，胄皇绪圣，睿明夙跻，含仁履敬。德／冠宗英，器高时令，铉教孔修，端风丕映。流恩冀北，申威南郢，遵彼止逊，挹此崇盛。华衮素／心，蠲烦息竞，志栖事外，颐道养性。寿乖与善，／福舛必庆，隆勋短世，远情促命。遗惠被民，余／芳在咏。／太妃长乐潘氏，祖猛，青州治中东莱广川妃陇西李氏，祖宝，仪同三司炖煌宣公。／二郡太守父弥，平原乐安二郡太守父冲，司空清渊文穆公。〔注〕据《汉魏南北朝墓志集释》

〔注〕末二行上下分刻。应连读为：太妃长乐潘氏，祖猛，青州治中东莱广川二郡太守。父弥，平原乐安二郡太守。妃陇西李氏，祖宝，仪同三司炖煌宣公。父冲，司空清渊文穆公。[2]

---

❶《魏书》卷二一上《献文六王列传》，第534页。

❷ 赵超《汉魏南北朝墓志汇编》，天津：天津古籍出版社2008年版，第54页。

此志于1919年在洛阳城北张羊村西一里地出土，现藏辽宁省博物馆。李冲早年曾教导元勰，后来又成了元勰岳父。

《魏书》卷二一下《彭城王传》记载：

高祖与侍臣升金墉城，顾见堂后梧桐、竹曰："凤皇非梧桐不栖，非竹实不食，今梧桐、竹并茂，讵能降凤乎？"勰对曰："凤皇应德而来，岂竹、梧桐能降？"高祖曰："何以言之？"勰曰："昔在虞舜，凤皇来仪；周之兴也，鸑鷟鸣于岐山。未闻降桐食竹。"高祖笑曰："朕亦未望降之也。"后宴侍臣于清徽堂。日晏，移于流化池芳林之下。高祖曰："向宴之始，君臣肃然，及将末也，觞情始畅，而流景将颓，竟不尽适。恋恋余光，故重引卿等。"因仰观桐叶之茂，曰："'其桐其椅，其实离离，恺悌君子，莫不令仪'。今林下诸贤，足敷歌咏。"遂令黄门侍郎崔光读暮春群臣应诏诗。至勰诗，高祖仍为之改一字，曰："昔祁奚举子，天下谓之至公，今见勰诗，始知中令之举非私也。"勰对曰："臣露此拙，方见圣朝之私，赖蒙神笔赐刊，得有令誉。"高祖曰："虽琢一字，犹是玉之本体。"勰曰："臣闻《诗》三百，一言可蔽。今陛下赐刊一字，足以价等连城。"❶

此外，孝文帝在迁洛以前，曾命弟弟元勰作诗。元勰作《问松林》："问松林，松林经几冬？山川何如昔，风云与古同？"他应声口占，离孝文帝还有十余步时，且行且作，还没到皇帝跟前，就已经完成了。可见元勰才思敏捷，富于文采。

及至豫州，高祖为家人书于勰曰："教风密微，礼政严严，若不深心日劝，何以敬诸？每欲立一宗师，肃我元族。汝亲则宸极，位乃中监，风标才器，实足师范。屡有口敕，仍执冲逊，难违清挹，荏苒至今。宗制之重，舍汝谁寄？便委以宗仪，责成汝躬，有不遵教典，随事以闻，吾别肃治之。若宗室有愆，隐而不举，钟罚汝躬。

❶《魏书》卷二一下《彭城王传》，第571-572页。

纲维相厉，庶有劝改。吾朝闻夕逝，不为恨也。”[1]

孝文帝临终，遗命元勰担负起皇族“宗师”的重任，足见对于元勰的欣赏与倚重。

据《李媛华墓志》，李冲之女名李媛华，是西凉武昭王李暠四世孙，李冲第四女。在存世的北朝墓志中，李蕤、李伯钦、李遵、李挺是李媛华的堂兄弟，李彰是李媛华的亲侄儿，李艳华为李媛华本家侄孙女。据《魏书》记载：

尚书令高肇性既凶愎，贼害贤俊。又肇之兄女，入为夫人。顺皇后崩，世宗欲以为后，勰固执以为不可。肇于是屡谮勰于世宗，世宗不纳。因僧固之同愉逆，肇诬勰北与愉通，南招蛮贼。勰国郎中令魏偃、前防阁高祖珍希肇提携，构成其事。肇初令侍中元晖以奏世宗，晖不从，令左卫元珍言之。世宗访之于晖，晖明勰无此。世宗更以问肇，肇以魏偃、祖珍为证，世宗乃信之。永平元年九月，召勰及高阳王雍、广阳王嘉、清河王怿、广平王怀及高肇等入。时勰妃方产，勰乃固辞不赴。中使相继，不得已乃令命驾，意甚忧惧，与妃诀而登车。……武士又以刀镮筑勰。勰乃饮毒酒，武士就杀之。向晨，以褥裹尸，舆从屏门而出，载尸归第，云王因饮而薨。勰妃李氏，司空冲之女也，号哭大言曰：“高肇枉理杀人，天道有灵，汝还当恶死。”及肇以罪见杀，论者知有报应焉。世宗为举哀于东堂，给东园第一秘器、朝服一袭、赙钱八十万、布二千匹、蜡五百斤，大鸿胪护丧事。勰既有大功于国，无罪见害，百姓冤之。行路士女，流涕而言曰：“高令公枉杀如此贤王！”在朝贵贱，莫不丧气。[2]

这位李妃就是李媛华。据其墓志推知，李媛华生年当在北魏太和七年（483年）。彭城武宣王元勰和李媛华的长子元子讷，继承爵位。元子讷名元劭，字子讷，号令言，善于武艺，少有气节。建义元年（528年），弟弟元子攸即位后，尊为无上王，遇害于河阴之变，追封孝宣皇帝。夫人陇西李氏，太子舍人、高阳郡公李休纂之女，

[1] 《魏书》卷二一下《彭城王传》，第572页。
[2] 《魏书》卷二一下《彭城王传》，第582-583页。

追封文恭皇后。李休纂，小字钟羌。李冲之子，李媛华兄弟，即元子讷二舅。

元勰和李媛华另两子为元子攸、元子正。元子攸即后来的孝庄帝。他即位后，追尊父亲元勰为文穆帝，庙号肃祖。李媛华被追封为文穆皇后。

孝庄帝手刃尔朱荣，命“北地三才”之一的温子升草诏。尔朱荣堂侄尔朱兆破洛阳，孝庄帝被缢杀于晋阳，时年二十四岁。敬宗孝庄帝，在位不及三年。临终有诗。《洛阳伽蓝记》卷一《永宁寺》记载：

时兆营军尚书省，建天子金鼓，庭设漏刻，嫔御妃主皆拥之於幕。锁帝於寺门楼上。时十二月，帝患寒，随兆乞头巾，兆不与。遂囚帝还晋阳，缢于三级寺。帝临崩礼佛，愿不为国王。又作五言曰：“权去生道促，忧来死路长。怀恨出国门，含悲入鬼乡。隧门一时闭，幽庭岂复光。思鸟吟青松，哀风吹白杨。昔来闻死苦，何言身自当。”至太昌元年冬，始迎梓宫赴京师，葬帝靖陵，所作五言诗即为挽歌词。朝野闻之，莫不悲恸。百姓观者，悉皆掩涕而已。[1]

另外，据《李媛华墓志》，李冲六女李稚华，嫁孝文帝曾孙元季海。

武昭王五世孙李彧，李冲之孙，李延寔长子。据铭刻于北魏正光五年（524 年）的《李媛华墓志》：“女季瑶，今安阳乡主，适今员外散骑侍郎清渊世子陇西李惑，父延寔。”李媛华一女元季瑶，嫁给舅舅李延寔之子李彧为妻。李彧，《李媛华墓志》作“惑”，不确。据《北史》，李彧字子文[2]，《广雅》云：“彧，文也。”另外，《李智源墓志》云“考彧，侍中、中书监、开府仪同三司、广州刺史、东平郡开国公”。李智源，字孝宗，李彧第六子，李礼成之弟。仕北齐，卒于高都郡守。武平六年（575 年），李智源在临漳县惠光里的住宅中去世，虚岁四十七，皇帝下诏赠予使持节、都督郢州诸军事、骠骑大将军、郢州刺史，武平七年（576 年），葬于邺城西南廿里野马岗东北五里家族旧墓。《李智源墓志》近

[1] 杨勇《洛阳伽蓝记校笺》，北京：中华书局 2006 年版，第 17 页。
[2] 《北史》卷一百《序传》，第 3334 页。

年出土于河北临漳。[1]又唐大历十二年《郑曜妻李氏墓志》记载："五代祖彧，后魏侍中、尚书右仆射，赠司空，谥曰孝昭"，正作"李彧"。因此，"李惑"当作"李彧"，疑为当时刻工刻写错误。

李彧夫人元季瑶，后封丰亭公主，彭城王元勰与王妃李媛华之女，孝庄帝亲姐。李彧的七个儿子，即李冲的七个曾孙，都是李彧和丰亭公主所生，他们用道、德、仁、义、礼、智、信为孩子命名。

武昭王六世孙李艳华，据铭刻于兴和三年《魏博陵元公故李夫人墓志铭》（即《李艳华墓志》）：

夫人字艳华，陇西狄道人，武昭王皓之五世孙也。月华/远胄，星光遥绪，缔构五回，派流九折，种德积善，世有达/人，轩冕联华，龟玉交映。虽十纪七叶之门，银钩金社之/族，自我相望，有兼厥美。祖蕤，司农豫州刺史。父该，散骑/常侍济广二州刺史。夫人资和方天，禀命淑灵，孝乃自/天，仁实由己，婉娩四德，肃雍六行，曲尽柔顺之方，雅极/听从之道。至于颦笑归美，点画见传，方圆贻范，朱紫成/则，虽南国容华，北方绝世，光影相邻，是非无辩。年十七，/归于元氏。□母事姑，婉然作合，居不言容，敬等如宾，奉/上温恭，逮下慈惠，斯须无怠，造次靡失。丝茧组紃之功，/苹蘩醴酉缶之品，从今行古，人无闲言。信可模范一时，矩/仪当世。而沧浪不吊，事隔与善。年卅，以兴和三年大梁/之岁应钟之月二日庚子卒于家。于黄钟之月十七日/乙酉□窆于邺城之西北十有五里。[2]呜呼！寒暑进退，陵/谷斡流，式铭员石，永播芳猷。乃作颂曰：/高门何有，素论攸归，钟美奚属，淑女嗣徽。譬诸兰蕙，自/有芳菲，白马日驾，黄鸟载飞。来自素里，居此朱扉，春花/始茂，朝露已晞。月临长簟，风卷灵衣，杂佩辍响，宝镜潜/辉。野荒雾晦，树拱风威，千秋万古，宁知是非。[3]

[1] 贾振林《文化安丰》，郑州：大象出版社2011年版，第379页。

[2] 方框为缺失文字，因为文献为石刻文献，很多字已模糊不清，后文中出现的方框均为这种情况，不再逐一说明。

[3] 赵超《汉魏南北朝墓志汇编》，天津：天津古籍出版社2008年版，第347页。

志主李艳华，李暠六世孙，祖父李蕤，父李该，年十七，归于元氏。以东魏兴和三年十月二日终于家，年仅三十。值得注意的是，元子邃妹馨阳公主，即安丰王元延明之女，先嫁崔孝芬，后改嫁郑伯猷。郑伯猷母亲李晖仪，出自陇西李氏姑臧房，龙骧将军、荥阳郡太守、姑臧穆侯李承之女，李艳华祖父李蕤乃李承之子，郑伯猷乃李承外孙，元子邃乃李承曾孙女婿。

北魏分裂之后，东、西政权对世家大族的不同态度，决定了不同政权下皇室与大族的婚姻关系也会有所差异。东魏、北齐政权，主要是由原居住于北方边镇的胡人和已经胡化的汉人组成。高氏虽然掌握着政权，但在门第上仍然不能与世家大族比肩，所以高氏积极谋求与陇西李氏等高门联姻，以巩固统治。如李暠七世孙李千学，北齐武平年间，娶神武帝高欢之女浮阳长公主为妻，拜驸马都尉、南青州刺史。

西魏北周崇尚武功，选官制度上不为门荫所限，这样就关闭了世家大族凭借门荫入仕、坐至公卿的通道，门阀体制遭到破坏，故门第婚姻并不明显。现存史志中，似乎没有宇文氏与陇西李氏联姻的记载。六世孙李礼成妻子窦氏早没，故聘杨坚之妹为继室。至于杨坚后来称帝，李礼成成为驸马，则恐怕并非他续弦之际所能预料。

第二节　陇西李氏与范阳卢氏

崔浩“国史案”是北魏前期政治史上的一件大事，受崔浩之狱牵连，“范阳卢氏、太原郭氏、河东柳氏，皆浩之姻亲，尽夷其族。”[1]经此变故，本为汉魏旧门的范阳卢氏，几乎摧残殆尽。

到了北魏太和年间，李冲、卢渊同朝为官，私交甚好。李冲得幸之后，利用自身的政治优势，谋求与范阳卢氏的联姻，以提高陇西李氏的门第名望。

[1] 《魏书》卷三五《崔浩传》，第826页。

李卢联姻，始于李冲、卢渊[1]。卢渊乃范阳卢氏卢玄支北祖大房始祖，李冲乃陇西李氏仆射房始祖。就李冲一系来说，据《李媛华墓志》，武昭王四世孙李令妃，李冲三女，嫁范阳卢道裕，卢道裕是卢渊第三子。卢道裕，字宁祖，先尚魏献文帝女乐浪长公主，拜驸马都尉。后娶李令妃。卢道裕从少年时期就以学问高深而知名，风度仪容都非常出色，卢道裕的姨表兄魏子建个性慎重，不聚会交游，只与尚书卢义僖和姨弟泾州刺史卢道裕关系亲密。卢义僖，字远庆，据议曹郎卢敏长子，卢渊从子。出身范阳卢氏北祖第二房，早有学尚，识度风雅。起家秘书郎，历任太子舍人、司徒（元怿）从事中郎、司空长史、太中大夫、散骑常侍、都官尚书、卫尉、左光禄大夫。孝武帝永熙年间，风疾顿发，辞职回乡。东魏孝静帝兴和三年，去世，时年六十四，获赠使持节、仪同三司、瀛州刺史，谥号孝简。卢义僖性好清俭，不营财利，虽居显位，每至困乏，麦饭蔬食，忻然甘之。传见《魏书》卷三五。

据《魏书·卢玄传附卢道约传》记载，四世孙李延寔，李冲长子，娶卢道约之姊。生子李彧、李彬、李彰。生女李氏，嫁荥阳郑某。卢道约，卢渊第七子。太傅李延寔外任青州刺史时有病在身，卢道约因是李延寔的妻弟，皇帝因此下诏以卢道约为李延寔的长史，加散骑常侍，寄希望他匡正维护李延寔。兴和末年，卢道约出任卫大将军、兖州刺史，在兖州很得民心。武定元年（548 年），卢道约去世，虚岁五十八，朝廷赠予使持节、骠骑大将军、仪同三司、幽州刺史。[2]卢道约之女卢令媛，乃北魏孝明帝元诩充华嫔，据铭刻于正光三年《魏故充华嫔卢氏墓志铭》记载：

魏故充华嫔卢氏墓志铭。谥曰昭。/嫔讳令媛，范阳涿人，魏司空容城成侯之十一世孙，录事府/君之元女。衣冕盛于累朝，风猷懋于弈叶。固以昭晰简牍，纷/纶秘图，冠盖缙绅，羽仪邦国者矣。嫔膺积善之余庆，禀妙气/于山川。爰始设帨，灼然秀异，姿见详密，举动温华，故以擅彩/平林，标声灌木。年甫九龄，

[1] 值得注意的是，赵郡李孝伯一女适卢渊。
[2] 《魏书》卷四七《卢玄传附卢道约传》，第 1051 页。

召充椒掖。天不慭遗，构疾弥留。正/光三年龙集壬寅，夏四月壬戌朔，十六日丁丑，卒于京室，时/年十二。以其月卅日辛卯窆于芒山成周西北廿里。铭曰：/姜水激波，大风扬烈，且清且素，载抟载飏。迈种无已，龟符相/迭，显焉必大，宜哉仍世。仍世克昌，遂衍英芳，萋萋莫莫，日就/月将。修姱窈窕，玉莹金相，似星环极，如日照梁。苹藻毕闲，蒲/椒洞启，九十其仪，三千其礼。玉钩曜室，金纽映陛，朝露溘尽，/山原共体。共体无际，山原有归，灵修眷命，改物迁衣。乐池一/尽，就馆长违，空嗟徊顾，帷中是非。/曾祖度世，字子迁，散骑常侍太常卿使持节镇远将军济州/刺史固安惠侯。夫人清河崔氏。父赜，散骑常侍大鸿/胪卿使持节平东将军青冀二州刺史清河侯。/祖讳渊，字伯源，散骑常侍尚书始平王师秘书监使持节安/北将军幽州刺史固安懿侯。夫人赵郡李氏。父孝伯，/散骑常侍尚书使持节平西将军泰州刺史宣城公。/父道约，字季恭，今司空录事参军。妻荧阳郑氏。父道/昭，国子祭酒秘书监使持节镇北将军光青相三州刺史文/恭侯。[1]

卢道约夫人荥阳郑氏，北魏国子祭酒、秘书监、使持节、镇北将军、光青相三州刺史、文恭侯郑道昭之女，郑道昭夫人为李冲长女李长妃。

就李承一系来说，武昭王五世孙李瑾，字道瑜，李承之孙，李韶次子。官至通直散骑侍郎，典领仪注。庄帝初，于河阴遇害，年三十九。赠冠军将军、齐州刺史，谥文恭侯。李瑾夫人范阳卢氏，卢渊之女。生六子：长子李产之、次子李倩之、三子李寿之、四子李礼之、五子李行之、六子李凝之。据《魏书·李宝传附李瑾传》：

（李瑾）稍迁通直散骑侍郎，与给事黄门侍郎王遵业、尚书郎卢观典领仪注。临淮王彧谓瑾等曰："卿等三俊，共掌帝仪，可谓舅甥之国。"王、卢即瑾之外兄也。[2]

五世孙李瑾，其外兄为卢观、王遵业。范阳卢观，字伯举，少好学，有俊才，

[1] 赵超《汉魏南北朝墓志汇编》，天津：天津古籍出版社 2008 年版，第 127-128 页。
[2] 《魏书》卷三九《李宝传附李瑾传》，第 888 页。

被任命为太学博士、著作佐郎。后与太常少卿李神儁、光禄大夫王诵等撰定朝仪，升任尚书仪曹郎中。《魏书》卷七《文苑传》有传。卢观之父，乃北魏尚书郎范阳卢光宗。卢光宗乃卢溥玄孙，卢植十一世孙，属范阳卢氏南祖房。按《魏书》记载，卢观为李瑾外兄（姑母之子），《北史》记载卢叔彪为李晓外兄。李氏乃李瑾姑母，李瑾祖父李承，故可推定李氏为李承之女。

李氏乃武昭王四世孙，嫁范阳卢光宗，生子卢观、卢仲宣、卢叔彪。卢仲宣才学卓异而广博，更超越了哥哥卢观，而文章的风格非常细腻，他与卢观都以写文章而名声显赫，议论的人都称道他们，后官至太尉属。熙平初年，中尉、东平王元匡广泛的选招辞赋作家充任御史，同时参与考试的有八百余人，温子升、卢仲宣、孙搴等二十四人通过考试成绩优秀。建义元年四月庚子（528年5月17日），卢仲宣在河阴之变中遇害，卢仲宣和卢观都没有儿子，文集没有编纂起来，很少流传于世。[1]

五世孙李氏，李彦之女，李充之妹，嫁给东魏散骑常侍，监起居注兼黄门郎、本州太中正，赠太常卿范阳卢元明。[2]卢元明乃卢昶之子，卢渊之侄，属北祖第三房。北祖第三房，以卢度世第三子散骑常侍、镇西将军、雍州刺史卢昶为始祖。

六世孙李产之，李瑾长子，李韶之孙，字孙侨。身材矮小，容貌丑陋。由于父亲在“河阴之变”中遇难，李产之担负起了抚养教育五个弟弟的重任，慈爱友善，关怀备至。他的舅父卢道将称赞他说：“李产之孝悌兼备，的确是李公的好孙子啊。”卢道将，《魏书》卷四七有传。卢道将，范阳涿人，字祖业，卢渊长子。他本应袭父爵位，而让给了八弟卢道舒。卢道将“涉猎经史，风气謇谔，颇有文才，为一家后来之冠，诸父并敬惮之。彭城王勰、任城王澄皆虚襟相待。……出为燕郡太守。道将下车，表乐毅、霍原之墓，而为之立祠。优礼儒生。励劝学业，敦课农桑，垦田岁倍。……所为文笔数十篇。”[3]《魏书》卷四七有传。六世孙李产之，

---

[1] 《北史》卷三十《卢仲宣传》，第2238页。

[2] 卢元明凡三娶，次妻郑氏，即郑严祖妹，也是李神儁的堂房外甥女。见《北史》卷一百《序传》，第3323页。

[3] 《魏书》卷四七《卢玄传附卢道将传》，第1050-1051页。

夫人范阳卢氏，秘书监卢渊孙女，车骑府法曹卢道和之女。生子李伯宪、李仲膺，生女李月相。卢道和，字叔维，卢道将六弟，官至冀州中军府中兵参军。

七世孙李月相，是北魏定州刺史、姑臧文恭侯，追赠侍中、持节、散骑常侍、车骑大将军、司空公、雍州刺史李韶的曾孙女，北魏通直散骑侍郎，追赠冠军将军、齐州刺史李瑾的孙女，北齐散骑侍郎李产之的女儿，武昭王七世孙李仲膺的姐妹。

按《卢文构夫人李月相墓志》记载，李月相嫁给了范阳卢文构，于隋朝大业十四年（618 年）10 月生病，在东都洛阳去世，时年 84 岁，唐朝武德八年岁次乙酉十二月辛酉朔廿五日乙酉，即 626 年 1 月 28 日，合葬于幽州范阳县永福乡卢文构之墓，其墓志铭由儿子卢君胤撰写，现收藏于国家图书馆。[1] 李月相墓志所记载的年份，被视为大业十四年这个年号存在的证据之一。

武昭王五世孙李瑾，夫人范阳卢氏，卢渊之女，即卢思道姑母。生六子：长子李产之、次子李倩之、三子李寿之、四子李礼之、五子李行之、六子李凝之。故卢思道与李行之为姑表兄弟关系。卢思道曾赠诗给表兄弟李行之，云："水衡称逸人，潘杨有世亲，形骸预冠盖，心思出嚣尘。"当时的人都认为这是实录。他年轻时师从"北地三才"之一的邢邵（字子才），卢思道"才学兼著，然不持操行，好轻侮人物。"文宣帝高洋死去，朝廷命当朝文士各作挽歌十首，择善而用。魏收、阳休之、祖孝征（即祖珽）等所作，不过选了一二首，唯独卢思道被选了八首，故他被时人称为"八米卢郎"。北齐末担任给事黄门侍郎，待诏文林馆。北周灭北齐后，卢思道入长安，与同辈阳休之等共作《听蝉鸣篇》。卢思道所作，抒发乡思，讥讽权贵，为时人所重。新野庾信遍览诸人所作，认为卢作词意清切，深为叹服。因母病还乡，恰遇同郡祖英伯及从兄卢昌期等举兵起事，卢思道参与其中，不久被北周柱国宇文神举平定。卢思道论罪当斩，宇文神举素闻其名，令作露布。卢思道援笔立成，文不加点。宇文神举十分欣赏他的文采，于是予以赦免。隋文帝为丞相，担任武阳太守。由于官职低下，难以得志，卢思道作《孤鸿赋》以寄其情。

---

[1] 吴钢主编，陕西省古籍整理办公室编《全唐文补遗》（第 6 辑），西安：三秦出版社 1999 年版，第 148 页。

卢思道作诗，长于七言，善于用典，对仗工整，语言流畅，已开初唐七言歌行先声，代表作如边塞诗《从军行》等。卢思道为文，以《劳生论》最负盛名，被钱钟书先生誉为北朝文章的压卷之作。

第三节　陇西李氏与荥阳郑氏

北魏前期，在相当长的时间以内，荥阳郑氏与北魏上层统治集团无涉。荥阳郑氏真正成为高门望族，则源于太和年间郑羲的显贵。

郑羲，字幼驎，荥阳开封人，曹魏将作大匠郑浑八世孙。曾祖郑豁，是后燕慕容垂太常卿。父亲郑晔，不曾出仕，娶妻长乐潘氏，生六子，郑羲排行第六，擅长文学。年方弱冠，被举为秀才，尚书赵郡李孝伯把女儿嫁给他。[1]文成帝末年，朝廷任命他为中书博士。

陇西李氏与荥阳郑氏的密切交往，可能始于李冲长兄李承出任荥阳太守。李承“方裕有鉴裁”[2]，担任荥阳太守期间，为政严明，声誉卓著。李冲幼年丧父，由长兄李承抚养长大。李冲年少时，曾跟随兄长前往荥阳任所。由于北魏前期没有实行俸禄制，当时官员及其子弟多有侵犯百姓的不法行为，而李冲与李承长子李韶清正廉洁，无所求取，赢得了时人的一致称赞。陇西李氏家族成员在荥阳收获了良好口碑，这为陇西李氏和荥阳郑氏两个家族的进一步结合，奠定了坚实的基础。

《魏书·郑羲传》：

及李冲贵宠，与羲姻好，乃就家征为中书令。……羲多所受纳，政以贿成。性又啬吝，民有礼饷者，皆不与杯酒脔肉，西门受羊酒，东门酤卖之。以李冲之亲，

---

[1] 值得注意的是，魏收祖父魏悦也是赵郡李孝伯女婿，郑羲与魏悦为连襟关系。

[2] 《魏书》卷三九《李宝传附李承传》，第886页。

法官不之纠也。[1]

从李冲开始，两个家族的联姻日益频繁。郑羲得拜中书令，就是李冲举荐的结果。

当时陇西李氏与荥阳郑氏联姻的具体情况，可参铭刻于北魏正光五年（524年）的《李媛华墓志》：

亡父讳冲，司空清渊文穆公。夫人荥阳郑氏。父德玄，字文通，宋散骑常侍，魏使持节冠军将军豫州刺史阳武靖侯。兄延寔，今持节督光州诸军事左将军光州刺史清渊县开国侯。亡弟休纂，故太子舍人。弟延考，今太尉外兵参军。姊长妃，适故使持节镇北将军相州刺史文恭子荥阳郑道昭。姊仲玉，适故司徒主簿荥阳郑洪建。

武昭王三世孙李冲，其嫡夫人即为荥阳郑氏，北魏冠军将军、豫州刺史，阳武靖侯郑德玄之女。

李承、李冲的下一代，依然延续了与荥阳郑氏的姻戚关系。

李冲之后，四世孙李长妃，乃李冲长女，嫁荥阳郑道昭，郑道昭乃郑平城从兄弟，郑羲之子。孝文帝时，官至通直散骑常侍。郑道昭善正书，体势高逸，作大字尤佳，魏碑《郑文公碑》就是他的手笔。郑道昭作为当时著名的书法家，被誉为“书法北圣”，南与王羲之齐名，有“南王北郑”之称。他曾参与孝文帝悬瓠联句，参加者有元勰、郑懿、邢峦、宋弁等。今存诗三首，录于《山左金石志》中。李冲二女李仲玉，嫁荥阳郑洪建，即郑羲之侄。

五世孙李氏，乃李延寔之女。据《北史》：“礼成年七岁，与姑之子兰陵太守荥阳郑颢随魏武帝入关。”[2]由此可知，李礼成有一姑母，嫁荥阳郑某，生子兰

---

[1] 《魏书》卷五六《郑羲传》，第1238-1239页。

[2] 《北史》卷一百《序传》，第3334页。

陵太守郑颢。六世孙李礼成，绛郡房始祖。历仕西魏、北周、隋三朝，是当时著名的军事将领。李礼成乃李彧五子，李延寔之孙，李礼成姑母是荥阳郑颢之母，故可推定李氏为李延寔之女。

四世孙李晖仪，乃李承之女，李韶之妹，嫁予荥阳郑平城。郑羲次兄小白有两子，长子胤伯，次子平城。郑平城，曾任太尉谘议。孝文帝弟弟广陵王元羽纳其女为妃。广陵王元羽，字叔翻，北魏献文帝之子。太和九年封，加侍中、征东大将军，为外都大官。元羽少而聪慧，有断狱之称。后罢三都，羽为大理，加卫将军，典决京师狱讼，微有声誉。迁特进、尚书左仆射，又为太子太保、录尚书事。《元羽墓志铭》刊于北魏宣武帝景明二年（501 年），2003 年出土于河南省洛阳市，现藏于中国国家博物馆。根据推算，李晖仪生年当在文成帝和平四年（463 年），殁于孝武帝永熙二年（533 年），春秋七十一。《魏故假节督南青州诸军事征虏将军南青州刺史郑使君夫人李氏墓志铭》即《李晖仪墓志》，由魏收撰写。墓志提到的荥阳郑氏家族成员的信息，可与《魏书》所载郑氏合传参看，相关内容如下：

普泰奄有 / 万国，冠带百神，长女上太妃，小宗之嫡，实唯君母。主上屡使家人传辞，欲崇以极号。/ 夫人以权疑在朝，虑生猜祸，苦加诲约，不令顺命。太妃亦深鉴倚伏，固而弗许，所以蹈 / 此危机，终保元吉者，抑亦夫人之由。及大息伯猷，自散骑常待而为国子祭酒。时论以 / 外戚相拟，咸谓此授为轻。夫人闻之，唯恐更有迁换。诫厉殷勤，千绪万牒。每昏定晨省 / 之际，未尝不以之为言。是以诸子遵节，莫冀通显，或降级出守，或仍世不移，或盘桓利 / 居，匪期招命。斯固夫人之志，物议所不知。其杜渐防萌，皆此类也。

后来的节闵帝，即前废帝元恭，是孝文帝弟弟广陵王元羽之子，嫡母郑妃为郑平城与李晖仪长女，即李晖仪是节闵帝外祖母。虽然元恭并不是郑妃亲生，但他对郑妃很是孝顺。“前废帝，讳恭，字修业，广陵惠王羽之子也。母曰王氏。

少端谨，有志度。长而好学，事祖母嫡母以孝闻。”[1]

《魏书·废出三帝纪》：

夏四月辛巳，齐献武王与废帝至邙山，使魏兰根尉谕洛邑，且观帝之为人。兰根忌帝雅德，还致毁谤，竟从崔㥄议，废帝于崇训佛寺，而立平阳王修为帝。帝既失位，乃赋诗曰：“朱门久可患，紫极非情玩。颠覆立可待，一年三易换。时运正如此，唯有修真观。”

节闵帝在被迫退位后，像孝庄帝那样，选择用诗歌，表达了他彼时难以名状的心情。

就李冲四兄李佐一系来说，据铭刻于景明三年（503年）《魏故国子学生李伯钦墓志铭》：

魏故国子学生李伯钦墓志铭/曾祖翻，魏骁骑将军、酒泉太守；夫人晋昌唐氏，父瑶，冠/军将军、永兴桓侯；夫人天水尹氏，父永，张掖令。/祖宝，使持节、侍中、镇西大将军、开府仪同三司、并州/刺史、敦煌宣公；夫人金城杨氏，父祎，前军参军；后夫/人同郡彭氏，父含，西海太守。/父佐，使持节、安南将军、怀相荆秦四州刺史、兼都官/尚书、泾阳照子；夫人同郡辛氏，父松，镇远将军、汉阳/太守、狄道侯；后夫人荥阳郑氏，父定宗。/讳伯钦，秦州陇西郡狄道县都乡和风里人也。幼而/岐悟，明经早岁，缉韵沉华，谈端辨密。故以衿岭于上/庠，峻标于胄子矣。方隆克家之寄，增荷薪之属，必庆/有声，唯因无实。春秋十有三，魏太和六年，岁次壬戌/二月丙戌朔廿七日壬子，卒于平城。蕙残富春，名流/恸惜。粤景明三年岁次壬午十二月乙酉朔十二日/丙申，迁窆于邺城西南豹寺东原吉迁里。/志铭：/珠潜骊浦，琛藏崐岫，桂质冰襟，必也洪胄。弱而专术，/渊章洞究，高第国庠，明经独秀。来戬有言，仁亦无寿。/白杨一晦，松门不昼，垄草时衰，

[1] 《魏书》卷一一《废出三帝纪》，第273页。

清尘岁茂。❶

李承四弟、李冲四兄李佐，前后有两位夫人，第一位夫人辛氏，陇西辛松之女，第二位夫人郑氏，荥阳郑定宗之女。志主李伯钦，“明经早岁，缉韵沉华，谈端辨密”，可见其文采学识，惜天不假年，十三岁即去世，文学才能无由施展。

第四节　陇西李氏与太原王氏

太原王氏以山西太原作为族姓郡望，从魏晋到唐朝都非常显赫，与陇西李氏、赵郡李氏、清河崔氏、博陵崔氏、范阳卢氏、荥阳郑氏等七族并列为五姓七族高门。

据铭刻于正始二年（505年）的《魏故假节龙骧将军豫州刺史李简子墓志铭》（即《李蕤墓志》）：

君讳蕤，字延宾，陇西郡狄道县都乡和风里人也。弱冠侍御／中散符玺郎中，转监御令，拜步兵校尉，出为东郡太守，迁大／司农少卿。春秋卌二，以正始二年太岁在乙酉十一月戊辰／朔九日丙子薨于洛阳之城东里。诏赠假节龙骧将军，豫州刺史，谥曰简。其年十二月廿四日庚申窆于覆舟之北原，／祔葬季父司空文穆公神茔之左。其辞曰：／胄延业祉，名族唯李，本系高阳，分命伊土。末叶弥昌，英贤代／起，克诞若人，令问不已。龆年播淑，绮岁流风，清衿外朗，识韵／内融。尔既从政，声实兼隆，逸辔方骋，夷路兀穷。同位且来，日／月流遽，垄首烟凝，松关栖雾。幽埏一晦，泉庭不曙，身灭黄庐，／芳题篆素。亡祖宝，字怀素，仪同三司敦煌宣公。夫人金城杨氏。父祎，／前军长史。亡父承，字伯业，雍州刺史沽臧穆侯❷。夫人太／原王氏。父慧龙，荆州刺史长社穆侯。君夫人太原王氏，讳／

❶ 《李伯钦墓志》2001年出土于河北临漳，墓志拓片图版，见刘恒《北朝墓志题跋二则》，《书法丛刊》2002年第2期。

❷ 据《魏书》《北史》《新唐书》，“沽臧”当作“姑臧”，疑为刻写错误。

恩荣，封晋阳县君。合葬君墓。父洛成，太宰中山宣王。/君八男，四女。[1]

志主李蕤，姑臧穆侯李承之子。李承夫人，即志主李蕤之母，北魏荆州刺史、长社穆侯太原王慧龙之女。生子李韶、李彦、李虔、李蕤。生女李晖仪（嫁荥阳郑平诚）、李氏（嫁太原王琼），李氏（嫁范阳卢光宗）。王慧龙乃北魏名将，自称是东晋尚书仆射王愉之孙，崔浩弟崔恬把女儿嫁给他。他因遭家难的缘故，曾作《祭伍子胥文》以寄托悲怀。后来，又撰帝王制度十八篇，名为《国典》。王慧龙被人称为“古之遗孝”，举动循礼，传见《魏书》卷三八。王慧龙、王宝兴、王琼，三代单传，故不存在宗族势力或地方势力的问题。作为武昭王李暠三世孙，李承娶王慧龙之女，应是由其父李宝促成。王慧龙长李宝八岁，二人属于同辈，且王慧龙美名在外，又是高门士族，故陇西李氏乐得与之结为姻戚。

四世孙李氏，李承之女。嫁北魏镇东将军、金紫光禄大夫、中书令、长社伯太原王琼，生子王遵业、王延业等。

《魏书·郭祚传》：

初，高祖之置中正，从容谓祚曰：“并州中正，卿家故应推王琼也。”祚退谓密友曰：“琼真伪今尚未辨，我家何为减之，然主上直信李冲吹嘘之说耳。”[2]

《魏书·李宝附李瑾传》：

（李瑾）稍迁通直散骑侍郎，与给事黄门侍郎王遵业、尚书郎卢观典领仪注。临淮王彧谓瑾等曰：“卿等三俊，共掌帝仪，可谓舅甥之国。”王、卢即瑾之外兄也。[3]

---

❶ 赵超《汉魏南北朝墓志汇编》，天津：天津古籍出版社 2008 年版，第 48 页。
❷ 《魏书》卷六四《郭祚传》，第 1421 页。
❸ 《魏书》卷三九《李宝传附李瑾传》，第 888 页。

王遵业为李瑾外兄，即李瑾姑母之子。五世孙李瑾，字道瑜。李承之孙，李韶次子。官至通直散骑侍郎，典领仪注。庄帝初，于河阴遇害，年三十九。赠冠军将军、齐州刺史，谥文恭侯。按以上记载，李瑾有一姑母李氏，乃太原王琼夫人，故推定此李氏为李承之女。另据《魏书》卷三八《王慧龙传附王遵业传》："及尔朱荣入洛，兄弟在父丧中，以于庄帝有从姨兄弟之亲，相率奉迎，俱见害河阴。"尔朱荣进入洛阳，王遵业兄弟正处于为父亲守丧期间，因为母亲与魏孝庄帝元子攸的母亲李媛华是堂姐妹，故相率奉迎魏孝庄帝。四世孙李媛华乃李冲第四女，嫁彭城武宣王元勰，生孝庄帝元子攸。四世孙李氏，王琼夫人，生王遵业。李承乃李冲长兄，王琼夫人李氏与元勰夫人李氏确是堂姐妹，完全符合王遵业、元子攸"从姨兄弟之亲"的记载，故此李氏必为李承之女。那么，李承既是王琼岳丈，也是他的姑丈。

五世孙李瑾外兄太原王遵业，《魏书》卷三八有传。王遵业为王慧龙曾孙，王宝兴之孙，王琼长子。王琼，字世珍，北魏镇东将军，有四子：王遵业、王广业、王延业、王季和，号"四房王氏"，王遵业为"四房王氏"第一房始祖。王遵业夫人陇西李氏，武昭王五世孙，李承之孙，舅父李彦之女，则此李氏与王遵业为表兄妹关系。那么，李承既是王遵业外祖父，也是他的妻祖父。

六世孙李士英，李充之子，李彦之孙，也即李瑾从子。据《北史》，李士英有文才，王遵业将女儿嫁给他。[1] 王遵业既是其岳父，也是其姑父。

武昭王六世孙，李瑾次子李倩之，据铭刻于开皇六年（586年）《齐故尚书吏部郎中光州刺史李（倩之）君墓志铭》（即《李倩之墓志》）记载：

君讳倩之，字曼容，陇西狄道人也。昔柱下真人玄风扇于千祀，山西上将伾烈/被于后昆，逯金德不昌，神州委御。六世祖梁武昭王下辇自王，虎啸河右，累叶/重光，爵为冠族。祖韶，魏司空文恭公，果行育德，师范簪带。父瑾，齐州使君。名香/文美，没有余辉。君擢秀桂林，含滋兰畹，绾髪趋庭，率由教义，言斯可践，

---

[1] 《北史》卷一百《序传》，第3321页。

行有余／力，不惭内外，无媿卿长，解巾开府参军事。出除明威将军，冀州骠骑主簿。入为／司空主簿，加轻车将军。齐室受终，承华肇建，高选人地，左右少阳。天保初，除太／子洗马，顷之，除阳翟太守，受尚书考功郎。齐文宣威侮五常，沉湎酒德，告人良／士，多遇其灾。君恪居官次，风猷藉甚，瞚息之闲，窻同齿剑。天保九年七月廿日，／终于邺城，春秋卌七。君学涉经史，不守章句，一言靡择，百行无玷，孝友淳深，励／兹薄俗，昆弟雍睦，见贵当时。从舅卢太常、通人邢文兰，虽年齿名级，不翅鴈行，／并揖其家风，重其素行，分庭虚左，若有神期。昔东陵臣盗，享天年之福；上地大／儒，离畏涂之祸。呜呼！遭随踳驳，报施无征。天道茫茫，非适今也。齐天统五年追／赠假节督光州诸军事尚书吏部郎中光州刺史。隋开皇六年，岁次丙午，十二／月丁未朔三日乙酉，安厝于邺县西南廿里。刊石泉门，垂芳来叶。其词曰：海阴／珠浦，春阳玉田，含华独润，韫耀孤圆。高门余祉，土尔宜然。贞情特立，笃行无前。／无愠无憘，不谄不黩。内赞储猷，外毗鼎餗。礼闱具草，韩余剖竹。郎署以清，邦政／斯穆。闻诸达圣，德必有邻。介云玄造，多助善人，展矣君子，生也不良，帝实不谛，／春非我春，大块不仁，小年如寄，冤魂既往，宠章空被，陇结曙霜，松吟晚吹，式刊／黝石，永旌高义。妻太原王氏，祖琼，中书监长侯。父延业，中书侍郎齐州刺史。子／元俭，并州田曹参军。妻博陵崔氏，父季舒，侍中特进开府仪同三司。子武卿，司／州主簿，出后第四叔。妻南阳赵氏，父彦深，侍中司徒公。女月静，适齐州别驾从／事史太原王修。女昭明，适太子仆清河崔拯。女昭相，适给事黄门侍郎范阳卢／思道。女良愿，适阳夏太守荥阳郑蕴。

李倩之妻子太原王氏，祖父王琼，中书监长侯。父亲王延业，中书侍郎齐州刺史。李倩之有二子四女。长女李月静，即武昭王七世孙，嫁齐州别驾从事史太原王修，惜世系不明。

李承其他兄弟，不见有同王氏结亲的记载。琅琊王氏作为太原王氏的支系，其与陇西李氏的婚姻记载也有一例。七世孙李伯宪，字公度，李产之之子。按《齐李伯宪墓志》记载："君讳伯宪，字公度，陇西狄道人，盖颛顼之后也……天统元年岁次乙酉十一月廿二日遘疾终于邺城东北隅宣化里”。志载伯宪夫人为琅琊王氏，尚书王翼之曾孙女。无子嗣，伯宪死后，王氏改嫁。

值得注意的是，四世孙李蕤，字延庭，李宝之孙，长房李承之少子，娶王叡长女王恩荣。王叡，字洛诚，自云太原晋阳人。据陈爽先生考证，王洛成其实是中山王氏。王叡少传父业，擅长天文占卜。冯太后临朝，王叡受到宠幸，数年之间，官职不断升迁，一跃成为北魏政坛中举足轻重的人物。与此相应，中山王氏的经济实力和社会地位也得到迅速上升。因为王叡是依靠冯太后荣升的，本身也没有什么特殊贡献，故被《魏书》列入《恩幸传》中。

初女妻李冲兄子延宾，次子又适赵国李恢子华。女之将行也，先入宫中，其礼略如公主、王女之仪。太后亲御太华殿，寝其女于别帐，叡与张祐侍坐，叡所亲及两李家丈夫妇人列于东西廊下。及车引，太后送过中路。时人窃谓天子、太后嫁女。叡之葬也，假亲姻义旧，衰绖缟冠送丧者千余人，皆举声恸泣以要荣利，时谓之义孝。叡既贵，乃言家本太原晋阳，遂移属焉，故其兄弟封爵移以并州郡县。薨后，重赠叡父桥侍中、征西将军、左光禄大夫、仪同三司、武威王，谥曰定，追策叡母贾氏为妃，立碑于墓左。父子并葬城东，相去里余，迁洛后，更徙葬太原晋阳。[1]

王叡两女一嫁陇西李氏，一嫁赵郡李氏，冯太后亲自主持婚礼，“时人谓天子、太后嫁女”，成为轰动朝野的盛事。在王叡这里，门第名望是次要的，政治经济利益才是吸引世人的关键。

另外，《王馥墓志》记载王馥生卒年为和平五年至孝昌四年（464—528 年），“夫人陇西李氏，父华，秦州刺史”[2]。

---

❶ 《魏书》卷九三《王叡传》，第 1990 页。
❷ 韩理洲《全北魏东魏西魏文补遗》，西安：三秦出版社 2010 年版，第 281 页。

第四章

李暠的文学成就

第一节　李暠生平

李暠，字玄盛，小字长生，汉前将军李广之后。李暠的祖父李弇，在前凉张轨统治时期，被封为武卫将军、安世亭侯。其父李昶，幼有美名，不幸早卒。李暠是李昶的遗腹子，他自称“少离荼毒，百艰备尝”❶。早年不幸的经历，反而促进了李暠的成长。较之他人，他由于较早经受了生活的磨炼，故在乱世中更容易脱颖而出，技压群雄。李暠“少而好学，性沈敏宽和，美器度，通涉经史，尤善文义。”❷长大之后，“颇习武艺，诵孙吴兵法。”❸李暠可以称得上是文武全才，被后凉吕光时期太史令郭黁誉为“白额驹”。李暠青少年时代的勤学苦练，为他后来能够建功立业、开国传脉，奠定了坚实的个人基础。

东晋晋安帝隆安元年（397年），卢水胡沮渠蒙逊与从兄沮渠男成率领部众拥护建康太守段业为主，起兵反后凉，推举段业为凉州牧，此为北凉政权立国之始。李暠以县令出仕北凉，“温毅有惠政”❹，后被段业任命为安西将军、敦煌太守，领护西胡校尉。隆安四年（400年），李暠羽翼已丰，于是起兵反抗北凉，自称大都督、大将军、凉公、领秦凉二州牧、护羌校尉。以敦煌为都城，正式建立西凉政权。大赦境内，分置官职，练兵屯田，开拓疆土。

❶《晋书》卷八七《李暠传》，第2267页。
❷《晋书》卷八七《李暠传》，第2257页。
❸《晋书》卷八七《李暠传》，第2257页。
❹《晋书》卷八七《李暠传》，第2258页。

义熙元年（405 年），李暠改元为建初，遣使奉表建康，称臣于东晋，以确保西凉政权名义上的正统性与合法性，争取舆论的支持。由于都城敦煌偏居一隅，不利于东向发展，李暠决定迁都酒泉，进一步逼近北凉政治中心姑臧（今甘肃武威），试图对北凉构成战略威胁，争取北凉境内汉族民众的支持，进而争夺河西地区的控制权。为避免两线作战，他还施展灵活外交，与南凉秃发傉檀交好，以共同对抗北凉。

在迁都过程中，李暠将前秦苻坚迁徙到敦煌的江汉汉族万余户，中原汉族七千余户，以及后来河西动乱中从武威、张掖逃难到敦煌、晋昌的数千户民众，全部迁徙到酒泉。分江汉五千户设置会稽郡，中原人五千户置广夏郡，剩下的一万三千户分置武威、武兴、张掖三郡。在认识到北凉这个劲敌一时间难以消灭后，李暠及时调整国策，“息兵按甲，务农养士”，以保境安民为先，努力促进农牧业生产，双方进入了战略相持阶段。面对北凉的侵扰，李暠“但与通和立盟，弗之校也。”为西凉赢得发展必须依赖的较为安定的外部环境。与此同时，李暠安不忘危，命令军队屯田，寓兵于农，广积粮谷，为将来的统一事业做好准备。李暠“志在以德抚其境内”，从而使经历动乱的普通民众得以休养生息，他治下的河西地区因战乱而遭到破坏的经济，很快得以恢复和发展。尤其是国都酒泉，随着人口的持续增加，生产的步入正轨，逐渐发展成为这一时期河西地区的经济、政治、文化中心，为其后来的发展奠定了稳定的基础。

此外，他还尊崇儒学，努力发展教育事业。前凉张轨，“家世孝廉，以儒学显”。他在河西，“征九郡胄子五百人，立学校，始置崇文祭酒，位视别驾，春秋行乡射之礼。”“令有司可推详立州已来清贞德素，嘉遁遗荣；高才硕学，著述经史；临危殉义，杀身为君；忠谏而婴祸，专对而释患；权智雄勇，为时除难；谄佞误主，伤陷忠贤；具状以闻。”[1]李暠延续了前凉崇儒重教的政策，并使之发扬光大。1975 年新疆吐鲁番地区曾出土一件建初四年（408 年）的策秀才文，所反映的是由李暠亲自主持的一次秀才策试，这次“亲策”既是李暠求贤若渴、延揽人才的

---

[1] 《晋书》卷八六《张轨传》，第 2221 页。

一次具体行动，也证明了西凉学校教育和选拔制度的确立与实施。

李暠出身儒学世家，他“好尚文典，书史穿落者亲自补治”，对于自己的举动，他这样解释道：“躬自执者，欲人重此典籍。”[1]河西大儒刘昞，字延明，敦煌人。他在前凉与后凉统治时期，隐居酒泉，拒不出仕，弟子受业者五百余人。李暠即位后，诚心礼聘，仪节周至，刘昞终于被他打动，出山担任儒林祭酒一职，主管西凉文教事业。李暠将自己与刘昞的关系，比作三国时代的刘备与诸葛亮。他与刘昞的交往，成为古代君臣相知的典范。李暠的下属以频获丰收，百姓乐业为由，请求于酒泉勒铭纪念，李暠表示同意。于是请刘昞写作文章，刻石颂德。从前河西不生槐树，难以成活，而酒泉宫的西北隅有一棵槐树活了下来，李暠于是作《槐树赋》以寄情，并请主簿梁中庸及刘昞等作同题文章。除《酒泉铭》和《槐树赋》外，刘昞的作品还有《略记》《凉书》《敦煌实录》《方言》《靖恭堂铭》，他还注《周易》《韩子》《人物志》《黄石公三略》等，可惜都已亡佚。刘昞卒于北魏太武帝太平真君元年（440年），《魏书》卷五二有传。

第二节　李暠的文学成就

关于李暠的作品，严可均在《全上古三代秦汉三国六朝文·全晋文》卷一百五十五中辑录有：《述志赋》《自称凉公领凉二州牧奉表诣阙》《复奉表》《手令诫诸子》《写诸葛亮训诫应璩奉谏吕勖诸子》《顾命长史宋瑶》《麒麟颂》《贤明鲁颜回颂》，仅存篇目，内容亡佚的有：《槐树赋》《大酒容赋》《上巳曲水宴诗序》《圣帝明王序颂》《忠臣孝子序颂》《烈士贞女序颂》《辛夫人诔》。

李暠起兵自称凉公，于敦煌南门外临水建起殿堂，命名为靖恭堂，用来议论朝政，检阅军队。绘图赞颂自古以来的圣帝明王、忠臣孝子、烈士贞女，李暠亲自创作序颂，以表明鉴戒之义。李暠所作，即《全晋文》收录的《圣帝明王序颂》

[1] 《魏书》卷五二《刘昞传》，第1160页。

《忠臣孝子序颂》《烈士贞女序颂》三篇，虽然文章已经亡佚，仅存题目，不过这种图赞相互配合的形式倒是颇值得注意，因为这正是汉代以来兴起的图赞传统的具体表现。《鲁灵光殿赋》中有“下及三后，淫妃乱主，忠臣孝子，烈士贞女，贤愚成败，靡不载叙”和“写载其状，托之丹青，千变万化，事各缪形，随色象类，曲得其精”[1]，为王延寿赢得了“辞赋英杰”的声誉。曹植《画赞》，对图画的作用评价颇高，他说：“观画者见三皇五帝，莫不仰戴；见三季暴主，莫不悲惋；见篡臣贼嗣，莫不切齿；见高节妙士，莫不忘食；见忠节死难，莫不抗首；见忠臣孝子，莫不叹息；见淫夫妒妇，莫不侧目；见令妃顺后，莫不嘉贵。是知存乎鉴者，图画也。”[2]以上，足以说明图像确乎发挥着普及文化、宣传教化的巨大作用。同时，为勉励部下效法前贤，建功立业，李暠命画师为文武群僚绘制画像，此举可能也含有纪念部下佐命勋劳的初衷。

义熙元年，李暠改元为建初，派遣使者前往东晋都城建康，作《自称凉公领秦凉二州牧奉表诣阙》，以寻求东晋朝廷的支持：

昔汉运将终，三国鼎峙，钧天之历，数钟皇晋。高祖阐鸿基，景文弘帝业，嗣武受终，要荒率服，六合同风，宇宙齐贯。而惠皇失御，权臣乱纪，怀愍屯邅，蒙尘于外，悬象上分，九服下裂，眷言顾之，普天同憾。伏惟中宗元皇帝基天绍命，迁幸江表，荆扬蒙弘覆之矜，五都为荒榛之薮。故太尉、西平武公轨，当元康之初，属扰攘之际，受命典方，出抚此州，威略所振，声盖海内。明盛继统，不陨前志，长旌所指，仍辟三秦，义立兵强，拓境万里。文桓嗣位，奕叶载德，囊括关西，化被崐裔，遐迩款藩，世修职贡。晋德之远扬，系此州是赖。大都督、大将军天锡，以英挺之姿，承七世之业，志匡时难，克隆先勋，而中年降灾，兵寇侵境，皇威遐邈，同奖弗及，以一方之师，抗七州之众，兵孤力屈，社稷以丧。

臣闻历数相推，归馀于终，帝王之兴，必有闰位。是以共工乱象于黄农之间，

---

[1] 萧统《文选》，上海：上海古籍出版社 1986 年版，第 515-516 页。
[2] 赵幼文《曹植集校注》，北京：人民文学出版社 1984 年版，第 67-68 页。

秦项篡窃于周汉之际，皆机不旋踵，覆餗成凶。自戎狄陵华，已涉百龄，五胡僭袭，期运将杪，四海颙颙，悬心象魏。故师次东关，赵魏莫不企踵；淮南大捷，三方欣然引领。伏惟陛下道协少康，德侔光武，继天统位，志清函夏。至如此州，世笃忠义，臣之群僚，以臣高祖东莞太守雍、曾祖北地太守柔荷宠前朝，参忝时务，伯祖龙骧将军、广晋太守长宁侯卓，亡祖武卫将军、天水太守安世亭侯弇毗佐凉州，著功秦陇，殊宠之隆，勒于天府，妄臣无庸，辄依窦融故事，迫臣以义，上臣大都督、大将军、凉公、领秦凉二州牧、护羌校尉。臣以为荆楚替贡，齐桓兴召陵之师，诸侯不恭，晋文起城濮之役，用能勋光践土，业隆一匡，九域赖其弘猷，《春秋》恕其专命，功冠当时，美垂千祀。况今帝居未复，诸夏昏垫，大禹所经，奄为戎墟，五岳神山，狄污其三，九州名都，夷秽其七，辛有所言，于兹而验。微臣所以叩心绝气，忘寝与食，雕肝焦虑，不遑宁息者也。江凉虽辽，义诚密迩，风云苟通，实如唇齿。臣虽名未结于天台，量未著于海内，然凭赖累祖宠光馀烈，义不细辞，以稽大务，辄顺群议，亡身即事。辕弱任重，惧忝威命。昔在春秋，诸侯宗周，国皆称元，以布时令。今天台邈远，正朔未加，发号施令，无以纪数，辄年冠建初，以崇国宪。冀杖宠灵，全制一方，使义诚著于所天，玄风扇于九壤，殉命灰身，陨越慷慨。（《晋书·凉武昭王传》，又《十六国春秋》九十一，义熙元年，改元建初，遣舍人黄始、梁兴间行奉表诣阙云云。）

西凉国都迁于酒泉，李暠作《手令诫诸子》，谆谆告诫，语重心长：

吾自立身，不营世利，经涉累朝，通否任时；初不役智，有所要求，今日之举，非本愿也。然事会相驱，遂荷州士，忧责不轻，门户事重。虽详人事，未知天心，登车理辔，百虑填胸。後事付汝等，粗举旦夕近事数条，遭意便言，不能次比。至于杜渐防萌，深识情变，此当任汝所见深浅，非吾敕诫所益也。汝等虽年未至大，若能克己纂修，比之古人，亦可以当事业矣，苟其不然，虽至白首，亦复何成！汝等其戒之慎之。

节酒慎言，喜怒必思，爱而知恶，憎而知善，动念宽恕，审而後举。众之所恶，勿轻承信，详审人，核真伪，远佞谀，近忠正，蠲刑狱，忍烦扰，存高年，恤丧病，勤省案，听讼诉。刑法所应，和颜任理，慎勿以情轻加声色。赏勿漏疏，罚勿容亲。耳目人间，知外患苦；禁御左右，勿作威福。勿伐善施劳，逆诈亿必，以示己明。广加谘义，无自专用，从善如顺流，去恶如探汤。富贵而不骄者，至难也，念此贯心，勿忘须臾。寮佐邑宿，尽礼承敬，燕飨馔食，事事留怀。古今成败，不可不知，退朝之暇，念观典籍，面墙而立，不成人也。

此郡世笃忠厚，人物敦雅，天下全盛时，海内犹称之，况复今日，实是名邦。正为五百年乡党，婚亲相连，至于公理，时有小小颇回，为当随宜斟酌，吾临莅五年，兵难骚动，未得休众息役，惠康士庶。至于掩瑕藏疾，涤除疵垢，朝为寇仇，夕委心膂，虽未足希准古人，粗亦无负于新旧。事任公平，坦然无类，初不容怀，有所损益，计近便为少，经远如有馀，庶亦无愧于前志也。（《晋书·凉武昭王传》，又《十六国春秋》九十一。）

迁都酒泉后，因前表未报，复遣沙门法泉间行奉表，作《复奉表》，以表达对东晋朝廷的效忠之心：

江山悠隔，朝宗无阶，延首云极，翘企遐方。伏惟陛下应期践位，景福自天。臣去乙巳岁顺从群议，假统方城，时遣舍人黄始奉表通诚，遥途险旷，未知达不？吴凉悬邈，蜂虿冲衢，方珍贡使，无由展御，谨副写前章，或希简达。

臣以其岁进师酒泉，戒戎广平，庶攘茨秽，而黠虏恣睢，未率威教，凭守巢穴，阻臣前路。窃以诸事草创，仓帑未盈，故息兵案甲，务农养士。时移节迈，荏苒三年，抚剑叹愤，以日成岁。今资储已足，器械已充，西招城郭之兵，北引丁零之众，冀凭国威，席卷河陇，扬旌秦川，承望诏旨，尽节竭诚，陨越为效。

又臣州界迥远，戎寇未除，当须镇副，为行留部分，辄假臣世子监前锋诸军事、抚军将军、护羌校尉，督摄前军，为臣先驱，又敦煌郡大众殷，制御西域，管辖万里，为军国之本，辄以次子让为宁朔将军、西夷校尉、敦煌太守，统摄昆裔，辑宁殊方。自馀诸子，皆在戎间，率先士伍，臣总摄大纲，毕在输力，临机制命，动静续闻。（《晋书·凉武昭王传》，前表未报，复遣沙门法泉间行奉表云云，又见《十六国春秋》九十一。）

李暠为河西大族拥戴，建立西凉，兵不血刃，坐定千里，原以为前凉基业可以指日恢复，河西十郡能够归于一统。然而南凉秃发傉檀占据姑臧，北凉且渠蒙逊疆域日广，内心忧愤，慨然作《述志赋》，以寄托怀抱：

涉至虚以诞驾，乘有舆于本无，禀玄元而陶衍，承景灵之冥符。荫朝云之庵霭，仰朗日之照煦。既敷既载，以育以成。幼希颜子曲肱之荣，游心上典，玩礼敦经。蔑玄冕于朱门，羡漆园之傲生；尚渔父于沧浪，善沮溺之耦耕。秽鵕鸃之笼吓，钦飞凤于太清；杜世竞于方寸，绝时誉之嘉声。超宵吟于崇领，奇秀木之陵霜；挺修干之青葱，经岁寒而弥芳。情遥遥以远寄，想四老之晖光；将戢繁荣于常衢，控云辔而高骧；攀琼枝于玄圃，漱华泉之渌浆；和吟凤之逸响，应鸣鸾于南冈。

时弗获清，心往形留，眷驾阳林，宛首一丘；冲风沐雨，载沈载浮。利害缤纷以交错，欢感循环而相求。乾扉奄寂以重闭，天池绝津而无舟；悼贞信之道薄，谢惭德于圜流。遂乃去玄览，应世宾，肇弱巾于东宫，并羽仪于英伦，践宣德之秘庭，翼明后于紫宸。赫赫谦光，崇明奕奕，岌岌王居，诜诜百辟，君希虞夏，臣庶夔益。

张王颓岩，梁后坠壑。淳风杪莽以永丧，缙绅沦胥而覆溺。吕发衅于闺墙，厥构摧以倾颠；疾风飘于高木，回汤沸于重泉；飞尘翕以蔽日，大火炎其燎原；名都幽然影绝，千邑阒而无烟。斯乃百六之恒数，起灭相因而迭然。于是人希逐鹿之图，家有雄霸之想，暗王命而不寻，邀非分于无象。故覆车接路而继轨，膏生灵于土壤。哀余类之忪懞，邈靡依而靡仰；求欲专而失逾远，寄玄珠于罔象。

悠悠凉道，鞠焉荒凶，杪杪余躬，迢迢西邦，非相期之所会，谅冥契而来同。跨弱水以建基，蹑昆墟以为墉，总奔驷之骇辔，接摧辕于峻峰。崇崖崨嶪，重崄万寻，玄邃窈窕，盘纡嵚岑，榛棘交横，河广水深，狐狸夹路，鸮鵄群吟。挺非我以为用，任至当如影响；执同心以御物，怀自彼于握掌；匪矫情而任荒，乃冥合而一往，华德是用来庭，野逸所以就鞅。

休矣时英，茂吉隽哲，庶罩网以远笼，岂徒射钩与斩袂！或脱梏而缨蕤，或后至而先列，采殊才于岩陆，拔翘彦于无际。思留侯之神遇，振高浪以荡秽；想孔明于草庐，运玄筹之罔滞；洪操槃而慷慨，起三军以激锐。咏群豪之高轨，嘉关张之飘杰，誓报曹而归刘，何义勇之超出！据断桥而横矛，亦雄姿之壮发。辉辉南珍，英英周鲁，挺奇荆吴，昭文烈武，建策乌林，龙骧江浦。摧堂堂之劲阵，郁风翔而云举，绍樊韩之远踪，侔徽猷于召武，非刘孙之鸿度，孰能臻兹大祜！信乾坤之相成，庶物希风而润雨。

昏益既荡，三江已清，穆穆盛熏，济济隆平，御群龙而奋策，弥万载以飞荣，仰遗尘于绝代，企高山而景行。将建朱旗以启路，驱长毂而迅征，靡商风以抗旆，拂招摇之华旌，资神兆于皇极，协五纬之所宁。赳赳干城，翼翼上弼，恣馘奔鲸，截彼丑类。且洒游尘于当阳，拯凉德于已坠。间昌寓之骖乘，暨襄城而案辔。知去害之在兹，体牧童之所述，审机动之至微，思遗餐而忘寐，表略韵于纨素，托精诚于白日。（《晋书·凉武昭王传》，又《十六国春秋》九十一。）

颜子即颜回，李暠曾作《贤明鲁颜回颂》，“问一洞十，达于神机，用舍行藏，配德圣师。”对颜回的崇仰之情，溢于言表。魏晋时期，玄学盛行，作者早年明显受到老庄思想的影响，表现出恬淡的情怀。可是由于天下大乱，他被迫放弃了原有的理想，回归儒家入世之道，建功立业，拯世济民。他自比刘备，渴望贤才辅佐。此文文风朴实，直抒胸臆，明白晓畅。

于是写诸葛亮训诫、应璩奉谏，劝勉诸子：

五负荷艰难，宁济之勋未建，虽外总良能，凭股肱之力，而戎务孔殷，坐而待旦。以维城之固，宜兼亲贤，故使汝等未及师保之训，皆弱年受任。常惧弗克，以贻咎悔。古今之事，不可不知，苟近而可师，何必远也。览诸葛亮训励，应璩奏谏，寻其始终，周孔之教，尽在中矣。为国足以致安，立身足以成名，质略易通，寓目则了，虽言发往人，道师于此。且经史道德，如采菽中原，勤之者则功多，汝等可不勉哉。

（《晋书·凉武昭王传》，又《十六国春秋》九十一。）

李暠临终，作《顾命长史宋繇》：

吾少离荼毒，百艰备尝，于丧乱之际，遂为此方所推，才弱智浅，不能一同河右。今气力惙然，当不复起矣。死者大理，吾不悲之，所恨志不申耳。居元首之位者，宜深戒危殆之机。吾终之後，世子犹卿子也，善相辅导，述吾平生，勿令居人之上，专骄自任。军国之宜，委之于卿，无使筹略乖衷，失成败之要。（《晋书·凉武昭王传》，又《十六国春秋》九十一。）

人之将死，其言也善，壮志难酬，恨何如之。

此外，尚有一篇《麒麟颂》：

一角圆蹄，行中规矩，游必拜地，翔而后处，不入陷井，不罹网罟，德无不王，为之折股。（《初学记》二十九，又《御览》八百八十九作无德而至，谓之折股。）

麒麟乃是瑞兽，见者天下太平，李暠此作，隐含一统河西，国富民安之意。

第五章 北朝陇西李氏的文学活动

第一节　李冲生平

李冲，字思顺，450年出生于代北怀荒镇（今河北张家口北）。李冲是敦煌公李宝的小儿子。他幼年丧父，由长兄荥阳太守李承抚养长大。李承常对人说："这孩子器量非同寻常，正是我们李家的希望所在。"李冲文雅沉稳，气度宽宏，跟随兄长前往任所。由于北魏前期没有实行俸禄制，当时官员及其子弟多有侵犯百姓的不法行为，而李冲与李承长子李韶清正廉洁，无所求取，赢得了时人的一致称赞。献文帝拓跋弘统治后期，李冲以中书学生起家。李冲擅长交际，行为规矩，同辈中人都很推崇他。献文帝退位，孝文帝拓跋宏即位，李冲按照惯例迁任秘书中散，掌管宫中文案，史书称其"修整敏惠"[1]，因才能出众，渐渐受到皇帝宠待，升任内秘书令、南部给事中。

476年，太上皇帝拓跋弘暴卒，已即位五年的孝文帝宏刚满十岁，冯太后以太皇太后的名义第二次临朝称制，改年号为太和。作为中国历史上少有的女政治家，冯太后经验丰富，处事强硬，能力出众，自太和元年以后，开始从政治、经济、社会风俗、文化传统等方面进行一系列重大改革，努力推进汉化，史称"太和改制"。由于冯太后本身就是汉人，所以在汉化政策的理解与执行力度上，成效还是颇为显著的。太和七年（483年），她下令禁止同姓婚姻，从婚俗上改革鲜卑旧习；太和八年，下诏颁行俸禄；太和九年及太和十年，她又亲自主持实行了均田制、

[1] 《魏书》卷五三《李冲传》，第1179页。

三长制和租调制，给北魏社会带来了重大变化。

“太和改制”诸项举措中，三长制和租调制，就是由李冲最先提议的。所谓三长，即五家立一邻长，五邻立一里长，五里立一党长。三长都是由本地有威望的人担任。租调制规定，一夫一妇为一家，每年向国家交纳布帛一匹、粟米二石作为赋税。从此，将以户为单位的赋税制改为以家为单位，实行定额税制。李冲提议实行三长制和租调制，完善基层行政管理，减轻百姓负担，是基于“因民之欲，为之易行”❶的思想基础，力图因势利导，施政除弊。三长制取代了之前的宗主督护制，改变了“民多隐冒，五十、三十家方为一户”❷的状况，减弱了鲜卑贵族和汉族官员对治下百姓的人身控制，增强了国家对基层社会的管控能力，为均田制、租调制的顺利实施提供保障。定额租调制的实行，使百姓的身份地位和经济状况都有所改善，调动了他们的生产积极性，增加了国家财政收入。三长制与租调制、均田制，三者相辅相成，缺一不可，促进了北魏社会经济的恢复和发展。然而改革触犯了贵族和高官的利益，因此他们群起反对。但冯太后很有远见，十分支持李冲，她认为：“立三长，则课有常准，赋有恒分，苞荫之户可出，侥幸之人可止，何为而不可？”❸在冯太后的坚持下，改革得以顺利推行。结果，“遂立三长，公私便之。”❹“事施行后，计省昔十有余倍，于是海内安之。”❺李冲的改革提议，可谓成效显著，影响深远。三长制与租调制，为北魏以后的北朝各代乃至隋唐时期的地方行政组织和赋税制度提供了蓝本，为历代统治者加强中央集权，推行轻徭薄赋提供了借鉴。比如唐代的租庸调制，就是对北魏定额租调制的发展与完善。租调制这一制度，自北魏至于唐代，前后历时长达三百年之久。

李冲因建言献策之功，迁任中书令，加散骑常侍，给事中官职依旧。不久又转任南部尚书，赐爵顺阳侯。李冲才华出众，仪容俊美，因此获得了冯太后的格外

---

❶《魏书》卷五三《李冲传》，第1180页。
❷《魏书》卷五三《李冲传》，第1180页。
❸《魏书》卷五三《李冲传》，第1180页。
❹《魏书》卷五三《李冲传》，第1180页。
❺《魏书》卷一一〇《食货志》，第2856页。

恩宠。但客观来讲，冯太后用人很有政治眼光，她更看重的，应该还是李冲的才华，当时的政治举措与制度变革，多有李冲的参与。冯太后自己的生活是比较俭朴的，可是她对李冲赏赐有加，奇珍异宝，毫不吝惜。同时，加官进爵，李冲被封为陇西公。爵位以“陇西”为名，正是对其祖籍之地的追怀与纪念。李冲家一贯清贫，由于冯太后的赏赐而一夜暴富。他仗义疏财，访贫问苦，无论是李氏宗族，还是乡党邻居，都得到了他的帮扶。史书称李冲“虚己接物，垂念羁寒，衰旧沦屈，由之跻叙者，亦以多矣。时以此称之。”[1]比如，不少“平齐民”的入仕，就与李冲的提携有关。《魏书》卷六六《崔亮传》：

时陇西李冲当朝任事，亮从兄光往依之，谓亮曰：“安能久事笔砚，而不往托李氏也？彼家饶书，因可得学。”亮曰：“弟妹饥寒，岂可独饱？自可观书于市，安能看人眉睫乎！”光言之于冲，冲召亮与语，因谓亮曰：“比见卿先人《相命论》，使人胸中无复怵迫之念。今遂亡本，卿能记之不？”亮即为诵之，涕泪交零，声韵不异。冲甚奇之，迎为馆客。冲谓其兄子彦曰：“大崔生宽和笃雅，汝宜友之；小崔生峭整清彻，汝宜敬之。二人终将大至。”冲荐之为中书博士。转议郎，寻迁尚书二千石郎。[2]

同书卷九一《蒋少游传》：

后被召为中书写书生，与高聪俱依高允。允爱其文用，遂并荐之，与聪俱补中书博士。自在中书，恒庇李冲兄弟子侄之门。始北方不悉青州蒋族，或谓少游本非人士，又少游微因工艺自达，是以公私人望不至相重。唯高允、李冲曲为体练，由少游舅氏崔光与李冲从叔衍对门婚姻也。高祖、文明太后常因密宴，谓百官曰：“本谓少游作师耳，高允老公乃言其人士。”眷识如此。然犹骤被引命，屑屑禁闼，

[1] 《魏书》卷五三《李冲传》，第1180页。
[2] 《魏书》卷六六《崔亮传》，第1476页。

以规矩刻绩为务，因此大蒙恩锡，超等备位，而亦不迁陟也。❶

李冲“垂念羁寒，衰旧沦屈”❷，其中一个为人称道的举动，就是对刘昞后代的照顾。刘昞作为河西大儒，曾是李冲曾祖父西凉武昭王李暠的座上宾，二人君臣相得，十分投契。刘昞去世后，其子孙生活困苦。太和十四年（490年），李冲上奏：“昞河右硕儒，今子孙沉屈，未有禄润，贤者子孙宜蒙显异。”朝廷于是任命刘昞一子为郢州云阳令。李冲对前辈后人给予了力所能及的帮助，这种帮助主要体现在生活照顾方面。他不忘旧情，尊贤追远，确属难能可贵。

李冲并不以富贵骄人，处事反而更加谦虚谨慎。李冲兄长李承之子李韶，与他名为叔侄，而年纪相仿，从小在一起长大，感情十分深厚。李冲深受宠信，李韶反而替他担忧，唯恐他志得意满，招致祸患。李冲荣名日显，处事却更加低调，李韶才渐渐安下心来。

太和十四年九月，冯太后病逝，孝文帝拓跋宏迎难而上，开始独自担负起改革的重任。这时，孝文帝年满二十四岁，距离他登上皇位，已经过去了整整十四个年头。在太后的严格教育和直接影响下，孝文帝已经成长为一个具有卓越才华、有胆有识的青年政治家。他不但精通儒家经义和历代史书，而且具备了一定的治国经验，雄心勃勃，勤勉务实，从而为后来改革事业的稳固推进奠定了坚实的基础。在此之前，“自太后临朝专政，孝文雅性孝谨，不欲参决，事无巨细，一禀于太后”。❸孝文帝不参与国事的决断，这固然与冯太后的专权有关，但更重要的，恐怕还是孝文帝对祖母能力的心悦诚服，衷心敬佩。孝文帝不仅后来完全忠实地继承了冯太后的事业，更是坚持了冯太后制定的基本国策。此外，冯太后对孝文帝有抚养之恩，而孝文帝性格谨慎，知恩图报，故对祖母十分孝敬。冯太后病逝，孝文帝哀伤至极，大哭三日。他痛哭失声地对臣下说：“朕从小承蒙太后抚育，慈严兼备，臣子之情，

❶《魏书》卷九一《蒋少游传》，第1970-1971页。
❷《魏书》卷五三《李冲传》，第1180页。
❸《北史》卷一三《文成文明皇后冯氏传》，第496页。

君父之道，无不谆谆教诲。”又在诏书中说，“朕幼年即帝位，全仗太后治理国家。朕的祖宗只专意武功，未修文教，是她老人家教导朕学习古道。一想起太后的功德，朕怎能不痛彻肺腑？内外大臣，谁又不哽咽悲切？”

孝文帝这份对祖母的感情，也可以从对待李冲的态度中体现出来。由于李冲既是改革重臣，又是冯太后宠臣，孝文帝为表示尊重，只称呼李冲的官职，避免直呼其名。冯太后去世后，孝文帝在服丧期间，接见了李冲，礼遇有加。李冲继续受到重用，除了是太后旧臣外，其本身具备的丰富的政治经验，突出的政治才能，有容乃大的政治家胸怀，恐怕才是主要原因。李冲身居高位，却能做到“处要自厉，不念爱恶”[1]，勤勉如初，公而忘私。当初，李冲哥哥李佐与河南太守来崇都是从凉州来到平城，二人一向不和。李佐罗织罪名，致使来崇饿死在了监狱中。后来，来崇之子来护揭发李佐收受贿赂的罪行，因受李佐牵连，李冲等人都被关进监狱，直到碰上朝廷大赦，他们才得以出狱，李佐于是怀恨在心。等到李冲显贵之后，来护成为了他的属下，时常担心被李冲打击报复，而李冲则每每安慰他。来护后来犯了贪污罪，以为自己必死无疑。李冲于是上表，诉说与来家的交往及不和，请求皇上原谅他的过失，于是来护免于刑罚。相反，李冲的堂外甥阴始孙，打着李冲的旗号，贪赃受贿，被李冲发觉后，毫不姑息，阴始孙被依法惩治。

值得一提的是，冯太后曾经打算废掉孝文帝，改立咸阳王元禧，李冲利用自己作为宠臣的特殊身份，设法保护孝文帝，与其他正直的朝臣一起极力劝谏，冯太后才改变了主意。孝文帝是一个念旧的人，他正式亲政后，也必然会重用曾经于己有恩的李冲。

李冲深感孝文帝的知遇之恩，对上竭尽忠诚，知无不言，言无不尽，勤劳国事，鞠躬尽瘁，即便是皇亲重臣，没有人能比得上他。朝廷上下，无不佩服其明断慎密，公忠体国。于是，孝文帝更加深深地信赖他，更加亲近尊重他，“君臣之间，情义莫二”。[2]等到改革官员制度，恢复五等爵位，因李冲参与制定典章制度，功勋

[1] 《魏书》卷五三《李冲传》，第 1181 页。
[2] 《魏书》卷五三《李冲传》，第 1181 页。

卓著，封荥阳郡开国侯，食邑八百户，拜廷尉卿。不久迁侍中、吏部尚书、咸阳王师。立太子后，拜为太子少傅，孝文帝把教导太子的重任托付给李冲。孝文帝依据《周礼》，在后宫设置三夫人、九嫔，以李冲的女儿为三夫人之一。他还为自己的两个弟弟，选择陇西李氏之女为妻。陇西李氏一时贵盛，其他高门难以匹敌。

孝文帝亲政后，继续推进以汉化为中心的一系列改革，从而将“太和改制”全面铺开，以完成冯太后未竟的事业。如果说“立三长，行租调”是李冲前半生的主要贡献的话，那么在孝文帝亲政之后，他后期的贡献则主要集中在营建洛阳、改定制度、劝谏君主、举荐贤才这几个方面。

随着北魏统治地区的扩大与稳固，都城平城（今山西大同）地处边塞，对控制中原地区和推进改革十分不便。同时，北魏和南朝萧齐的战和关系已经成为这时的要务。如果一旦开战，平城距离前线过于遥远，指挥不灵，传输不便。加之洛阳历来是汉文化的中心所在，是王朝正统的象征，正如孝文帝所说：“国家兴自北土，徙居平城，虽富有四海，文轨未一。此间用武之地，非可文治，移风易俗，信为甚难。崤函帝宅，河洛王里，因兹大举，光宅中原。”[1]洛阳作为“崤函帝宅，河洛王里”，是文治之地，要进行汉化，移风易俗，要与南朝萧齐争取文化正统地位，必须离开平城尚武之地，把朝廷迁到洛阳去。由此可见，平城作为帝国政治中心，已经不能适应形势发展的需要，从各方面来看，迁都都是势在必行。太和十四年，孝文帝决定迁都洛阳，由李冲负责营建新都的浩大工程。在此之前，孝文帝曾下诏称赞李冲“器怀渊博，经度明远”[2]，命他担任将作大匠，与司空、长乐公穆亮，主持修复平城太极殿，营建明堂、圆丘、太庙等工程。穆亮仅仅是具名而已，李冲才是真正的工程负责人。李冲在平城期间，充分发挥了自己在建筑方面的特长，统筹调度，妥善安排，为营建新都洛阳积累了丰富的经验。

李冲生性机敏，常有巧思，史称“勤志强力，孜孜无怠，旦理文簿，兼营匠制，

---

[1] 《魏书》卷一九《任城王澄传》，第 46 页。

[2] 《魏书》卷五三《李冲传》，第 1182 页。

几案盈积，剞劂在手，终不劳厌也”。[1] 孝文帝知人善任，将营建新都的大任，悉心委托。“洛都初基，安处郊兆，新起堂寝，皆资于冲”。[2] 李冲在建设洛阳时，政治与军事并重，贯彻了孝文帝通畅漕运的设想，将洛阳同时作为南征基地来建设。《魏书》本传云：

高祖自邺还京，泛舟洪池，乃从容谓冲曰：“朕欲从此通渠于洛，南伐之日，何容不从此入洛，从洛入河，从河入汴，从汴入清，以至于淮？下船而战，犹出户而斗，此乃军国之大计。今沟渠若须二万人以下、六十日有成者，宜以渐修之。”冲对曰：“若尔，便是士无远涉之劳，战有兼人之力。”[3]

为了建设洛阳的需要，李冲派遣“平齐民”蒋少游出使萧齐，考察南朝宫殿建筑。《南齐书·魏虏传》记载：

九年，遣使李道固、蒋少游报使。少游有机巧，密令观京师宫殿楷式。清河崔元祖启世祖曰“少游，臣之外甥，特有公输之思。宋世陷虏，处以大匠之官。今为副使，必欲模范宫阙。岂可令毡乡之鄙，取象天宫？臣谓且留少游，令使主反命。”世祖以非和通意，不许。少游，安乐人。虏宫室制度，皆从其出。[4]

蒋少游由李冲推荐入仕，颇具建筑才能。在规划建设洛阳的过程中，蒋少游作为李冲膀臂，发挥了极其重要的作用。李冲有知人之明，蒋少游人尽其才，上下相得，配合默契。

在洛阳的规划设计和营建中，李冲能够评南北之优劣，览前朝之利弊，在利用改造汉魏洛阳城的基础上，参考平城与建康的优点，并将政治、军事、自然地

---

[1] 《魏书》卷五三《李冲传》，第 1187 页。
[2] 《魏书》卷五三《李冲传》，第 1187 页。
[3] 《魏书》卷五三《李冲传》，第 1185 页。
[4] 《南齐书》卷五七《魏虏传》，第 983 页。

理等因素进行通盘考虑，使新都洛阳的布局与以往相比更为合理，可谓是推陈创新，后出转精。作为北魏政治、经济与文化中心，新建成的洛阳新都，宏伟壮观，气象万千。

北魏洛阳城，北依邙山，南通伊洛两水，“东西二十里，南北十五里”[1]，逐渐发展成为中古时代的世界性都会。洛阳水陆交通畅通，户口繁盛，布局井然，工商发达，寺观林立。随着鲜卑皇室南迁洛阳，草原丝绸之路也延伸到了中原，洛阳开始成为草原丝路的南方起点，从此中原与北方草原交流更加密切。北魏后期的洛阳，万邦景仰，八方来朝，东西各国使者商旅相望于道，络绎不绝，是丝绸之路上具有绝对地位和影响力的国际化大都市。

根据考古研究，北魏洛阳城以中轴线形式对称分布，都城中心为皇宫，体现了皇权至上的观念。在宫殿整体布局上，虽然延续了汉魏洛阳城长方形的特点，但是改变了之前南北宫的分散设计，建立了单一的宫城。从北到南，由外及里，宫、城、郭依次分布，条理分明。同时，废弃了汉魏时期“前朝后市”的传统，改为宫在北而市在南，居民区实行里坊制度。这种布局开一代风气之先，北魏设计的洛阳郭城，成为隋朝创建大兴、洛阳两城的主要根据；北魏洛阳的里坊制度，甚至为隋唐新建的许多重要的地方城市所参考。[2]北魏洛阳城的形制布局，承前启后，影响深远，在中国古代都城建设中具有十分重要的地位。此外，北魏洛阳城是当时世界上规模最大的城市，也是世界历史上面积最大的都城。

在北魏洛阳建成三十多年后，永安二年（529 年），南朝萧梁陈庆之自洛阳归来，“钦重北人，特异于常”，并说：“自晋宋以来，号洛阳为荒土，此中谓长江以北尽是夷狄。昨至洛阳，始知衣冠士族并在中原，礼仪富盛，人物殷阜，目所不识，口不能传。所谓帝京翼翼，四方之则。”[3]陈庆之的赞叹，颇可作为洛阳繁华盛景的写照。若论北魏洛阳城开创之功，李冲则当之无愧。

---

[1] 杨勇《洛阳伽蓝记校笺》，第 244 页。

[2] 宿白《北魏洛阳城和北邙陵墓》，《文物》1978 年第 7 期，第 6 页。

[3] 杨勇《洛阳伽蓝记校笺》，第 114 页。

李冲作为“位当端揆，身任梁栋”[1]的朝廷重臣，无论是辅佐迁都、安定大局，还是改定礼仪、律令、官制、服饰等制度，他都是孝文帝难得的助手。

虽然在北魏早期，也曾创立了一些基本的礼仪制度，可是与南朝相比，仍然很不完备。孝文帝为了争取文化上的正统地位，就必须变革礼仪制度，于是，礼制改革就成为太和改制的一项重要内容。李冲委托李韶主持此事，“率由旧则，斟酌前王，择其令典”[2]，于是“朝章国范，焕乎复振”。[3]太和礼制，上承魏晋，下启隋唐，使得中原流传几千年的传统文物制度得以延续下去。

太和初年曾制定过一次律令，可是比较粗疏。孝文帝在迁都洛阳的前夕，即太和十五年，将制定新的律令提上议事日程。《资治通鉴》卷一三七永明九年（491年）记载：

五月，己亥，魏主更定律令于东明观，亲决疑狱；命李冲议定轻重，润色辞旨，帝执笔书之。[4]

李冲辅佐孝文帝拟定的《魏律》，内容完整，体例合理，废除了十六国以来实行的车裂、腰斩、夷五族等残酷刑法，对以后《隋律》《唐律》的制定，都产生了很大的影响，在中国法律史上占有极为重要的地位。

官制方面，北魏官号具有浓重的图腾崇拜的色彩，而这并不符合中原的习惯。因此，孝文帝“诏群僚议定百官，著于令”[5]，并于太和十九年（495年）十二月“引见群臣于光极堂，宣示品令”[6]，正式公布了新官制。“改置百司，开建五等，以冲参定典式”，改革官制的具体工作虽由王肃负责，李冲则掌握着最终决定权，

[1] 《魏书》卷五三《李冲传》，第1189页。
[2] 《魏书》卷一〇八《礼志四》，第2733页。
[3] 《魏书》卷一〇八《礼志四》，第2733页。
[4] 《资治通鉴》卷一三七，第4384页。
[5] 《魏书》卷一一三《官氏志》，第3014页。
[6] 《魏书》卷一一三《官氏志》，第3014页。

这从《魏书》本传的记载中也可以得到佐证：

车驾还都，引见冲等，谓之曰："本所以多置官者，虑有令仆暗弱，百事稽壅，若明独聪专，则权势大并。今朕虽不得为聪明，又不为劣暗，卿等不为大贤，亦不为大恶。且可一两年许，少置官司。"❶

此外，为了配合官制改革，李冲与蒋少游等花费六年时间，参考南朝制度，制定了北魏百官的冠服。服饰的改变，从侧面体现了当时民族融合的程度，也是社会文明程度的一个标志。

李冲"明目当官，图为己任，自始迄终，无所避屈"。❷忠于国事，正直敢言。孝文帝车驾南征，加授李冲为辅国大将军，统率众臣随从皇帝。自平城出发，到达洛阳，阴雨连绵，天不放晴，孝文帝让部队继续出发。李冲本来就反对南征，于是带领众臣劝谏皇帝，他向孝文帝进言，阴雨不断，一路南行，军人马匹困顿不堪，士气低落。征伐萧齐，南朝有长江天险，渡江必须要打造战船，尚需时间。而今军队疲乏，粮食缺少，准备不足，贸然出击，就将陷入进退两难的窘境。况且，齐武帝萧赜刚刚去世，彼有国丧，发动袭击，于礼不合。不如正视困难，坚守道义，停止进兵，这在目前是最符合实际的做法。这次的南征萧齐，本来是孝文帝的借口，他的真实目的是迁都洛阳。于是孝文帝顺势说："今者兴动不小，动而无成，何以示后？苟欲班师，无以垂之千载。"❸"若不南銮，即当移都于此，光宅土中，机亦时矣。"❹众臣虽多不情愿，但"内惮南征，无敢言者，于是定都洛阳"❺。李冲为民请命，冒死进谏，他虽然反对南征，但对迁都并无抵触。他的进谏，在客观上起到了推动迁都洛阳的效果，从而实现了孝文帝既定的战略宏图。

---

❶ 《魏书》卷五三《李冲传》，第 1185 页。
❷ 《魏书》卷五三《李冲传》，第 1189 页。
❸ 《魏书》卷五三《李冲传》，第 1183 页。
❹ 《魏书》卷五三《李冲传》，第 1183 页。
❺ 《魏书》卷五三《李冲传》，第 1183 页。

太和二十一年（497 年），孝文帝发兵进攻萧齐，让李冲身兼尚书左仆射之职，留守洛阳。孝文帝这次是御驾亲征，他在渡过淮河后，诏命安南大将军元英、平南将军刘藻进击汉中郡，征召雍泾岐三州士卒六千人，准备攻下汉中郡后驻守南郑（今陕西汉中）。李冲上书劝谏，他认为，南郑地远难守，军需供给困难。“昔人攻伐，或城降而不取；仁君用师，或抚民而遗地。且王者之举，情在拯民；夷寇所守，意在惜地”。❶与其将戍卒投置于险境，让他们白白送死，不如弃守为上。孝文帝认为李冲的意见很正确，命令按李冲的意见办事。

李冲并不反对统一战争，只是认为统一南朝的时机尚不成熟，尚需做好充分准备。他反对不恤民力，盲目南征的态度是一以贯之的。当孝文帝提出，阴阳术士劝他南征，此番一定成功。李冲答道：“夫征战之法，先之人事，然后卜筮，今卜筮虽吉，犹恐人事未备。今年秋稔，有损常实，又京师始迁，众业未定，加之征战，以为未可。”❷孝文帝南征，李冲一直留守洛阳，稳定后方，供给军需，可谓兢兢业业，尽职尽责，孝文帝赞誉他“仁明忠雅，委以台司之寄，使我出境无后顾之忧”❸。

在选拔人才问题上，李冲反对不问贤愚与否，只按门第高低举荐官吏，他主张唯才是举，用人唯贤。《资治通鉴》卷一四〇建武三年（495 年）记载：

帝与群臣论选调曰：“近世高卑出身，各有常分；此果如何？”李冲对曰：“未审上古以来，张官列位，为膏粱子弟乎，为致治乎？”帝曰：“欲为治耳。”冲曰：“然则陛下何为专取门品，不拔才能乎？”帝曰：“苟有过人之才，不患不知。然君子之门，借使无当世之用，要自德行纯笃，朕故用之。”冲曰：“傅说、吕望，岂可以门地得之！”帝曰：“非常之人，旷世乃有一二耳。”

❶《魏书》卷五三《李冲传》，第 1184 页。
❷《魏书》卷五三《李冲传》，第 1186 页。
❸《魏书》卷五三《李冲传》，第 1189 页。

在李冲等人的坚持下，孝文帝才不得不答应对于“高明卓然，出类拔萃者”准许进行破格提拔。而实际上，当时经过李冲推荐的官员，往往堪当大用，不负所托。可见李冲识人之明，鉴才之准。他爱才惜才，知人善任。比如举荐成淹。太和年间，文明太后去世，齐武帝萧赜派遣散骑常侍裴昭明、散骑侍郎谢竣等前来吊唁，想穿南朝的朝服吊丧，北魏不同意。双方争执不休，如此者多次，各自不相谦让。孝文帝敕令尚书李冲，让他选一位有学识的人再与对方辩论谈判，李冲奏报派遣成淹为人选，结果圆满地完成了任务。又如李彪，李彪刚直有才，素得李冲礼遇，孝文帝曾称：“崔光之博、李彪之直，是我国家得贤之基。”李彪曾前后六次出使萧齐，不辱使命，连齐武帝都深相赞赏。

检视《魏书》，不难发现，房法寿族子房景伯、裴宣、崔挺、宋弁、郭祚、阳尼、范绍、赵邕等著名文人，都曾经得到过李冲的赏识和提拔。就连一代名将杨大眼，也是经由李冲推荐给孝文帝的。

杨大眼，武都氐难当之孙也。少有胆气，跳走如飞。然侧出，不为其宗亲顾待，颇有饥寒之切。太和中，起家奉朝请。时高祖自代将南伐，令尚书李冲典迁征官，大眼往求焉。冲弗许，大眼曰：“尚书不见知，听下官出一技。”便出长绳三丈许系髻而走，绳直如矢，马驰不及，见者莫不惊欢。冲曰：“自千载以来，未有逸材若此者也。”遂用为军主。大眼顾谓同僚曰：“吾之今日，所谓蛟龙得水之秋。自此一举，终不复与诸君齐列矣。”❶

杨大眼乃孝文帝时名将，后仇池国末代氐王杨难当之孙。孝文帝南征，杨大眼勇冠三军，战功赫赫。当时的人很推许他的骁勇果敢，大家一致认为，即使三国时代的关羽张飞复生，也无法与他相比。今日龙门石窟古阳洞，尚存“龙门二十品”之一的魏碑《杨大眼造像记》，所刻文字即歌颂了杨大眼军功显赫的一生。

---

❶ 《魏书》卷七三《杨大眼传》，第 1633 页。

李冲操劳国事，废寝忘食，“年才四十，而鬓须斑白”❶，繁重的国事活动极大地损害了他的健康。太和二十二年（498 年），李冲因过度劳累，加之受李彪恶行刺激，他深悔自己举荐非人，暴怒伤肝而亡，年仅四十九岁。孝文帝闻讯悲痛不已，亲自安排他葬在覆舟山下的杜预墓旁，为之举哀，赠司空，谥“文穆”，称赞他“忠肃柔明，足敷睿范，仁恭信惠，有结民心。可谓国之贤也，朝之望也。”❷盖棺论定，评价不可谓不高。史官魏收认为：

李冲早延宠眷，入干腹心，风流识业，固乃一时之秀。终协契圣主，佐命太和，位当端揆，身任梁栋，德洽家门，功著王室。盖有魏之乱臣也。❸

“乱臣”一词，借用《尚书·泰誓》中的“予有乱臣十人，同心同德”，意为善于治国之臣。作为一位出色的政治家和儒学家，李冲以自己的才智卓识，为促进北魏政权巩固，推动社会经济发展，加快民族间的融合，做出了极为杰出的贡献。“乱臣”之赞，李冲当之无愧。

第二节　李冲的文学活动

北魏是陇西李氏成为北方高门的重要时期，而李冲一朝显贵，则成为陇西李氏家族发展振兴的关键人物。

李冲出身文学世家，曾祖父乃西凉武昭王李暠。他博学多才，以中书学生起家，崇尚儒学。身为孝文朝宰辅，李冲与孝文帝“君臣之间，情义莫二”。李冲一生的文学活动，也是与孝文帝密切联系在一起而展开的。

冯太后主政，为了告诫孝文帝，曾作《皇诰》十八篇，由高允进行改定，李

❶《魏书》卷五三《李冲传》，第 1187 页。
❷《魏书》卷五三《李冲传》，第 1188 页。
❸《魏书》卷五三《李冲传》，第 1189 页。

冲为之注解。《皇诰》应是仿照《尚书》体裁写成的文章，内容主要是对孝文帝进行政治告诫。李冲出身河西儒学世家，自己又是以中书博士出仕，由他注解《皇诰》，可谓适得其人。孝文帝作为鲜卑皇帝，却热衷汉化，可见冯太后及她身边的亲信大臣，针对孝文帝进行的文化教育，确实产生了潜移默化的影响。孝文帝爱好文学，史称“雅好读书，手不释卷。五经之义，览之便讲。学不师受，探其精奥，史传百家，无不该涉。善谈老庄，尤精释义。才藻富赡，好为文章，诗赋铭颂，在兴而作”。据史书记载，太和十年以后的诏令等文字都是出自他本人之手。不过，《魏书·李冲传》同时记载：“及议礼仪律令，润饰辞旨，刊定轻重，高祖虽自下笔，无不访决焉。”据此可知，孝文帝诏令文字，曾由李冲帮助修改润饰。

在李冲去世后，朝廷发布的两通诏书，很可能就是孝文帝的亲笔。现录文如下：

诏曰：“冲贞和资性，德义树身，训业自家，道素形国。太和之始，朕在弱龄，早委机密，实康时务。鸿渐瀍洛，朝选开清，升冠端右，惟允出纳。忠肃柔明，足敷睿范，仁恭信惠，有结民心。可谓国之贤也，朝之望也。方升宠秩，以旌功旧，奄致丧逝，悲痛于怀。既留勤应陟，兼良宿宜褒，可赠司空公，给东园秘器、朝服一具、衣一袭，赠钱三十万、布五百匹、蜡二百斤。”

诏曰：“司空文穆公，德为时宗，勋简朕心，不幸徂逝，托坟邙岭，旋銮覆舟，躬睇茔域，悲仁恻旧，有恸朕衷。可遣太牢之祭，以申吾怀。”❶

孝文帝失此贤才，如丧股肱。痛惜之情，溢于言表。

李冲家族，世代尊崇儒学，以维护礼制为要务。身为朝廷重臣，李冲为文，以实用为主，这与北朝人重视应用文字的倾向是颇为一致的。其章表奏议，观点鲜明，语言直白，具有很强的现实针对性。

据严可均《全上古三代秦汉三国六朝文·全后魏文》卷三十六中的辑录，陇西李氏家族中，李冲政论文最多，共 7 篇，其中表 4 篇，奏文 3 篇。七篇政论文，

---

❶《魏书》卷五三《李冲传》，第 1188 页。

即《谏预召兵戍南郑表》《答诏表》《表弹李彪》《又表》《上书言宜立三长》《奏录刘昞子孙》《奏养子不从坐》。

表，作为古代下向上奏事的一种文体，多用于陈述衷情。汉制，下言于上，分章、奏、表、议四种。《文选》李善注云："表者，明也，标也，如物之标表。言标著事序，使之明白，以晓主上，得尽其忠曰表。"故《文心雕龙·章表》曰："章表之为用也，所以对扬王庭，昭明心曲。既其身文，且亦国华。章以造阙，风矩应明，表以致策，骨采宜耀：循名课实，以文为本者也。"[1]要求文实相符，直白显露。即如《谏预召兵戍南郑表》：

秦州险厄，地接羌夷，自西师出后，饷援连续，加胡叛逆，所在奔命，运粮擐甲，迄兹未已。今复豫差戍卒，悬拟山外，虽加优复，恐犹惊骇，脱终攻不克，徒动民情，连胡结夷，事或难测。辄依旨密下刺史，待军克郑城，然后差遣，如臣愚见，犹谓未足。何者？西道险厄，单径千里，今欲深戍绝界之外，孤据群贼之中，敌攻不可卒援，食尽不可运粮。古人有言，"虽鞭之长，不及马腹"，南郑于国，实为马腹也。且昔人攻伐，或城降而不取；仁君用师，或抚民而遗地。且王者之举，情在拯民；夷寇所守，意在惜地。校之二义，德有浅深。惠声已远，何据于一城哉？且魏境所掩，九州过八，民人所臣，十分而九。所未民者，惟漠北之与江外耳。羁之在近，岂急急于今日也？宜待大开疆宇，广拔城聚，多积资粮，食足支敌，然后置邦树将，为吞并之举。今锺离、寿阳，密迩未拔，诸城、新野，跬步弗降。所克者舍之而不取，所降者抚之而旋戮。东道既未可以近力守，西蕃宁可以远兵固？若果欲置者，臣恐终以资敌也。又今建都土中，地接寇壤，方须大收死士，平荡江、会。轻遣单寡，弃合陷没，恐后举之日，众以留守致惧，求其死效，未易可获。推此而论，不戍为上。（《魏书·李冲传》）

此篇表文，充分体现出李冲"务实"和"崇儒"的创作倾向。李冲认为，汉中

---

[1] 范文澜《文心雕龙注》，北京：人民文学出版社1958年版，第408页。

地形复杂，又和氐、羌等少数民族接近，征讨汉中的军队派出以后，“运粮报甲，迄兹未已”，军需供应已经十分困难。如果再派戍卒前去，身处绝境之中，可能会被四面包围，导致全军覆没的下场。他建议目前集中力量，“大收死士，平荡江会”，等到大开疆宇，攻城略地，多积军需，足兵足食，然后方可“置邦树将，为吞并之举”。李冲主张步步为营，循序渐进，反对打无把握之仗，这正是他务实稳健的一贯做派。“仁君用师，或抚民而遗地”“王者之举，情在拯民”“德有浅深，惠声已远”等语，正是他崇儒尚德思想的体现。

陆睿谋反被赐死，孝文帝担心其他功臣不安，下诏安慰李冲、于烈等功臣，故有《答诏表》：

臣等微逢幸会，生遇昌辰。才非利用，坐班位列；功无汗马，猥受山河。叨忝之宠，终古无比；莫大之施，万殒靡酬。而睿、丕识乖犬马，心同枭獍，潜引童稚，构兹妖逆，违悖天常，罪逾万殒。睿结衅在心，阴构不息，间说戚蕃，拟窥乾象。虽睹休平，未怀疑惑，何尝片辞披露宿志，原心语迹，实为贼首。丕之二子，从恶累年，交扇东西，窥扰并夏，测观此状，无容不知。惟圣慈含育，恕其生命，其若天地何！其若神祇何！夫效诚尽节，为下之恒分；刑兹无赦，在上之常法。况曲蒙莫大之恩，奖以忠贞之义，而更违天背道，包藏奸逆，求情推理，罪乃常诛。而慈造宽渥，更流恩贷，续睿三断之骸，还丕已绝之魄，二三纵宥，实亏宪典。犹复上延天眷，言念畴日。不以臣等背负馀党，别垂明诏，再申齐信之恩，重喻皎日之旨，伏读悲惭，惟深愧惕。（《魏书·陆俟附传》，陆睿构逆赐死。高祖诏仆射李冲、领军于烈云云。冲、烈表。）

此表将骈文的齐整匀称与散文的自然流畅和谐地交织在一起，有摇曳多姿之妙。文由情生，情由文生，从而将功臣深衷，娓娓道来。

至于奏文中的弹劾之类，《文心雕龙·奏启》云：“若乃按劾之奏，所以明宪清国……后之弹事，迭相斟酌，唯新日用，而旧准弗差。”[1]《文选》之中，专设“弹事”这一文体。弹事，即弹劾之章奏，亦即《文心雕龙》所谓“按劾之奏”，也称为白简，要求言辞有据，锋利峻刻。所谓“函人欲全，矢人欲伤”，不发则已，发则必中，是其特点。李彪曾由李冲举荐，可是后来倨傲不法，忘恩负义，李冲怒不可遏，连上《表弹李彪》《又表》进行弹劾。

臣闻范国匡人，光化升治，舆服典章，理无暂失。故晋文功建九合，犹见抑于请隧；季氏藉政三世，尚受讥于舆播，固知名器之重，不可以妄假。先王既宪章于古，陛下又经纶于今，用能车服有叙，礼物无坠。案臣彪，昔于凡品，特以才拔，等望清华，司文东观，绸缪恩眷，绳直宪台，左加金珰，右珥蝉冕。□□东省。宜感恩厉节，忠以报德。而窃名忝职，身为违傲，矜势高亢，公行僭逸。坐舆禁省，冒取官材，辄驾乘黄，无所惮慑。肆志傲然，愚聋视听，此而可忍，谁不可怀！臣辄集尚书以下、令史以上并治书侍御史郦道元等于尚书都座，以彪所犯罪状告彪，讯其虚实，若或不知，须讯部下。彪答臣言：“事见在目，实如所劾，皆彪所知，何须复召部下。”臣今请以见事，免彪所居职，付廷尉治狱。（《魏书·李彪传》）

臣与彪相识以来，垂二十载，彪始南使之时，见其色厉辞辩，才优学博，臣之愚识，谓是拔萃之一人。及彪位宦升达，参与言燕，闻彪评章古今，商略人物，兴言于侍筵之次，启论于众英之中，赏忠识正，发言恳恻，惟直是语，辞无隐避。虽复诸王之尊，近侍之要，至有是非，多面抗折。酷疾矫诈，毒愆非违，厉色正辞，如鹰鹯之逐鸟雀，懔懔然实似公清之操。臣虽下才，辄亦尚其梗概，钦其正直，微识其褊急之性，而不以为瑕。及其初登宪台，始居司直，首复驺唱之仪，肇正直绳之体，当时识者，佥以为难。而彪秉志信行，不避豪势，其所弹劾，应弦而倒。赫赫之威，振于下国；肃肃之称，著自京师。天下改目，贪暴敛手。臣时见其所行，信谓言行相符，忠清内发。然时有私于臣，云其威暴者，臣以直绳之官，人所忌疾，

[1] 范文澜《文心雕龙注》，第 422-423 页。

风谤之际，易生音谣，心不承信。

往年以河阳事，曾与彪在领军府，太尉、空及领军诸卿等，阅廷尉所问囚徒。有人诉枉者，二公及臣少欲听采。理未尽，彪便振怒东坐，攘袂挥赫，口称贼奴，叱吒左右，高声大呼云："南台中取我木手去，搭奴肋折！"虽有此言，终竟不取。即言："南台所问，唯恐枉活，终无枉死，但可依此。"时诸人以所枉至重，有首实者多，又心难彪，遂各默尔。因缘此事，臣遂心疑有滥，审加情察，知其威虐，犹未体其采访之由，讯检之状。商略而言，酷急小罪，肃禁为大。会而言之，犹谓益多损少。故怀寝所疑，不以申彻，实失为臣知无不闻之义。

及去年大驾南行以来，彪兼尚书，日夕共事，始乃知其言与行舛，是己非人，专恣无忌，尊身忽物，安己凌上，以身作之过深劾他人，己方事人，好人佞己。听其言，同振古忠恕之贤；校其行，是天下佞暴之贼。臣与任城，卑躬曲己，若顺弟之奉暴兄。其所欲者，事虽非理，无不屈从。

依事求实，悉有成验。如臣列得实，宜殛彪于有北，以除奸矫之乱政；如臣无证，宜投臣于四裔，以息青蝇之白黑。（《魏书·李彪传》）

此外，李冲其他几篇奏文，多就具体问题进行解说，态度明确，语言质朴，如《上书言宜立三长》：

宜准古，五家立一邻长，五邻立一里长，五里立一党长，长取乡人疆谨者。邻长复一夫，里长二，党长三，所复复征戍，馀若民。三载亡愆则陟用，陟之一等。其民调，一夫一妇帛一匹，粟二石。民年十五以上未娶者，四人出一夫一妇之调；奴任耕、婢任绩者，八口当未娶者四；耕牛二十头，当奴婢八。其麻布之乡，一夫一妇布一匹，下至牛，以此为降。大率十匹为公调，二匹为调外费，三匹为内外百官俸，此外杂调。民年八十以上，听一子不从役。孤独癃老笃疾贫穷不能自存者，三长内迭养食之。（《魏书·食货志》。太和十年，给事中李冲上言云云，书奏。高祖从之。）

三长制与新租调制的实行，是北魏政治史上的大事。李冲以给事中之职，忠于所守，建言献策，兴利除弊。

又如《奏录刘昞子孙》：

昞，河右硕儒，今子孙沉屈，未有禄润，贤者子孙，宜蒙显异。（《魏书·刘昞传》。太和十四年，尚书李冲奏，于是除其一子为郢州郧阳令。）

此文言简意赅，晓畅明白。李冲希望朝廷抚恤儒学宗师刘昞后代，以兴崇贤重教之风。

如《奏养子不从坐》：

前彭城镇将元拔与穆泰同逆，养子降寿宜从拔罪。而太尉、咸阳王禧等以为律文养子而为罪，父及兄弟不知情者不坐。谨审律意，以养子于父非天性，于兄弟非同气，敦薄既差，故典刑有降，是以养子虽为罪，而父兄不预。然父兄为罪，养子不知谋，易地均情，岂独从戮乎？理固不然。臣以为：依据律文，不追戮于所生，则从坐于所养明矣。又律惟言父不从子，不称子不从父，当是优尊厉卑之义。臣禧等以为："律虽不正见，互文起制，于乞也举父之罪，于养也见子坐，是为互起。互起两明，无罪必矣。若以嫡继，养与生同，则父子宜均，祇明不坐。且继养之注云：'若有别制，不同此律。'又令文云：'诸有封爵，若无亲子，及其身卒，虽有养继，国除不袭。'是为有福不及己，有罪便预坐。均事等情，律令之意，便相矛盾。伏度律旨，必不然也。"臣冲以为：指例条寻，罪在无疑，准令语情，颇亦同式。（《魏书·李冲传》）

穆泰、元拔叛乱，元拔养子元降寿理应同罪受罚，太尉、咸阳王禧曲为辩护，认为养子不应从坐养父之罪，李冲谙熟典章律法，加之刚直不阿，乃据律固争，从而有力地维护了法律的尊严。

作为位高权重的大臣，李冲虽不以文名显，也曾跟随孝文帝，参加皇帝发起的政治活动与文学活动。

庚午，幸洛阳，周巡故宫基址。帝顾谓侍臣曰："晋德不修，早倾宗祀，荒毁至此，用伤朕怀。"遂咏《黍离》之诗，为之流涕。壬申，观洛桥，幸太学，观《石经》。❶

此事在太和十七年（493年）八月，皇帝巡幸洛阳，李冲作为宰辅，理应随侍。皇帝赋诗言志，赋《黍离》之诗，兴盛衰兴亡之叹。身处侍臣之中的李冲，想必一定心有所感。

车驾还洛，引见王公侍臣于清徽堂。高祖曰："此堂成来，未与王公行宴乐之礼。后东阁庑堂粗复始就，故今与诸贤欲无高而不升，无小而不入。"因之流化渠。高祖曰："此曲水者亦有其义，取乾道曲成，万物无滞。"次之洗烦池。高祖曰："此池中亦有嘉鱼。"澄曰："此所谓'鱼在在藻，有颁其首'。"高祖曰："且取'王在灵沼，于轫鱼跃'。"次之观德殿。高祖曰："射以观德，故遂命之。"次之凝闲堂。高祖曰："名目要有其义，此盖取夫子闲居之义。不可纵奢以忘俭，自安以忘危，故此堂后作茅茨堂。"谓李冲曰："此东曰步元庑，西曰游凯庑。此堂虽无唐尧之君，卿等当无愧于元、凯。"冲对曰："臣既遭唐尧之君，不敢辞元、凯之誉。"高祖曰："光景垂落，朕同宗则有载考之义，卿等将出无还，何得默尔，不示德音。"即命黄门侍郎崔光、郭祚，通直郎邢峦、崔休等赋诗言志。烛至，公卿辞退。李冲再拜上千万岁寿。高祖曰："卿向以烛至致辞，复献千万之寿，朕报卿以《南山》之诗。"高祖曰："烛至辞退，庶姓之礼；在夜载考，宗族之义。卿等且还，朕与诸王宗室，欲成此夜饮。"❷

此事发生在太和十九年或二十年，孝文帝自悬瓠返回洛阳，于新建成的清徽堂

❶《魏书》卷七下《高祖本纪》，第173页。
❷《魏书》卷十九中《任城王传》，第467-468页。

接见王公大臣。此时，距离太和十七年（493 年）孝文帝委托李冲负责新都营建，仅仅过去两年，洛阳宫殿尚处于草创阶段。然而，清徽堂的建成，已经使孝文帝感到满意。他将李冲比作尧舜时代的贤臣八元、八凯，命黄门侍郎崔光、郭祚，通直郎邢峦、崔休等赋诗歌咏此次盛游。郭祚、崔休都是文学侍从，崔光曾被孝文帝誉为“今日之文宗”。崔光，属清河崔氏，传见《魏书》卷六七，《全后魏文》卷二三、卷二四收录其文 2 卷。崔光，本名孝伯，孝文帝替他改名为“光”。崔光“太和中，依宫商角徵羽本音而为五韵诗，以赠李彪，彪为十二次诗以报光。光又为百三郡国诗以答之，国别为卷，为百三卷焉”。[1]崔光曾与李彪唱和，来往颇密。崔光创作宏富，是北魏文学大家。他所作诗赋铭赞诔颂表启，有数百篇之多，分为五十多卷，大部分散佚。邢峦，河间鄚人。他文武兼备，是“北地三才”之一邢邵的族兄[2]。《魏书》卷六四有传，《全后魏文》卷四三收录其文 8 篇。

李冲再拜上寿，孝文帝朗诵《南山》之诗答报。《南山》即《南山有台》，出自《诗经 . 小雅》，《毛诗序》以为“乐得贤”，孝文帝用此诗答报，十分得体。

后世宗为太子，高祖宴于清徽堂。高祖曰：“皇储所以纂历三才，光昭七祖，斯乃亿兆咸悦，天人同泰，故延卿就此一宴，以畅忻情。”高祖又曰：“天地之道，一盈一虚，岂有常泰。天道犹尔，况人事乎？故有升有黜，自古而然。悼往欣今，良用深叹。冲对曰：“东晖承储，苍生咸幸。但臣前忝师傅，弗能弼谐，仰惭天日，慈造宽含，得预此宴，庆愧交深。”高祖曰：“朕尚不能革其昏，师傅何劳愧谢也。”[3]

太子元恂因叛乱被废，孝文帝改立元恪为太子，此事发生在太和二十一年（497 年）。孝文帝“悼往欣今，良用深叹”，李冲“弗能弼谐，仰惭天日”，一为生父，一为良师，孝文帝用天道盈虚进行自我安慰，而李冲却认为是自己没有尽到为师

---

❶ 《魏书》卷六七《崔光传》，第 1499 页。
❷ 邢子才名劭，以字行。
❸ 《魏书》卷五三《李冲传》，第 1186 页。

之责所致，对此深感愧疚。

李冲在当时，以爱惜人才、奖掖后进闻名于世，这些人才中，也包括了那些有文学才华的士人。郭祚就是由他推举入仕的，后成为孝文帝的近臣。郭祚，太原晋阳人。郭祚“涉历经史，习崔浩之书，尺牍文章见称于世”。[1]他力主汉化改革，颇受孝文帝信任。《魏书》卷六四有传，《全后魏文》卷三七收录其文6篇。

第三节　其他成员的文学活动

李宝入魏，对河西同乡段承根很是敬重，段承根作《赠李宝诗》答谢，诗共七章：

世道衰陵，淳风殆缅。衢交问鼎，路盈访玺。徇竞争驰，天机莫践。不有真宰，榛棘谁揃。（其一）

于皇我后，重明袭焕。文以息烦，武以静乱。剖蚌求珍，搜岩采干。野无投纶，朝盈逸翰。（其二）

自昔凉季，林焚渊涸。矫矫公子，鳞羽靡托。灵慧虽奋，袄氛未廓。凤戢崐丘，龙潜玄漠。（其三）

数不常抚，艰极则夷。奋翼幽裔，翰飞京师。珥蝉紫闼，杖节方畿。弼我王度，庶绩缉熙。（其四）

自余幽沦，眷参旧契。庶庇余光，优游卒岁。忻路未淹，离辔已际。顾难分歧，载张载继。（其五）

闻诸交旧，累圣叠曜。淳源虽漓，民怀余劭。思乐哲人，静以镇躁。蔼彼繁音，和此清调。（其六）

询下曰文，辨讦曰明。化由礼治，政以宽成。勉崇仁教，播德简刑。倾首景风，迟闻休声。（其七）

[1]《魏书》卷六四《郭祚传》，第1421页。

段承根，武威姑臧人。《魏书》卷五三有传。段承根，好学多才，思维敏捷。司徒崔浩很欣赏他的文采，于是在太武帝拓跋焘面前替他美言，请求任命他为著作郎，与自己同事。崔浩满门抄斩，段承根与宗钦等都被赐死。段承根“性行疏薄，有始无终”，世人虽鄙薄他的所作所为，却很看重他的文章。

李冲父亲李宝共有六子，分别是承、茂、辅、佐、公业、冲。除了李公业早卒外，李冲的几位兄长都曾任职地方，以政务能力见长，具有经世济民的才干。从李暠三世孙李冲这一代开始，陇西李氏已开始向文化型家族即文化士族转变。

在向文化型家族转变的过程中，李冲发挥着极为关键的作用，可谓是陇西李氏家族真正的领袖，是促进家族发展壮大的核心人物。

正是在李冲的刻意经营下，陇西李氏开始实现飞跃式发展。李冲积累了资源和人脉，到了李暠四世孙李韶这一代，陇西李氏向文化型家族的转变则已经完成。

李韶，李承长子，字元伯，“学涉，有器量”。作为长子，他承袭了父亲姑臧侯的爵位。他和弟弟彦、虔、蕤的名字，都是孝文帝给起的。延兴中，补中书学生。叔父李冲很看重李韶，李韶担任仪曹令期间，正逢北魏改革朝仪典章，李冲就让他来协助自己，负责礼仪制度改革。

《魏书·礼志》：

自永嘉扰攘，神州芜秽，礼坏乐崩，人神歼殄。太祖南定燕赵，日不暇给，仍世征伐，务恢疆宇。虽马上治之，未遑制作，至于经国轨仪，互举其大，但事多粗略，且兼阙遗。魏氏居百王之末，接分崩之后，典礼之用，故有阙焉。太祖世所制车辇，虽参采古式，多违旧章。高祖稽古，率由旧则，斟酌前王，择其令典，朝章国范，焕乎复振。[1]

《隋书·礼仪志》：

[1]《魏书》卷一〇八《礼志》，第2733页。

后魏天兴初，诏仪曹郎董谧撰朝飨仪，始制轩冕，未知古式，多违旧章。孝文帝时，仪曹令李韶更奏详定，讨论经籍，议改正之。唯备五辂，各依方色，其余车辇，犹未能具。至熙平九年，明帝又诏侍中崔光与安丰王延明、博士崔瓒采其议，大造车服。……自斯以后，条章粗备，北齐咸取用焉。其后因而著令，并无增损。[1]

李韶弟李彦，字次仲，“颇有学业”。孝文帝初年，举司州秀才，除中书博士。后来行主客曹事，改任郊庙下大夫。“时朝仪典章咸未周备，彦留心考定，号为称职。”

李韶、李彦兄弟出身河西儒学世家，对典章制度非常熟悉。他们与叔父李冲一道，在北朝礼仪制度的改革和完善过程中，发挥了承前启后的关键作用。北朝礼制，被后来的北齐、北周、隋唐全面继承，从而保证了在中原流传几千年的传统文物制度，得以传扬不坠。

《全上古三代秦汉三国六朝文·全后魏文》卷三十六中收录李韶《奏狱成许家人诉枉》一篇：

使虽结案，处上廷尉，解送至省，及家人诉枉，尚书纳辞，连解下鞫，未检遇宥者，不得为案成之狱。推之情理，谓崔纂等议为允。（《魏书·刑罚志》，兼廷尉卿元志上言，狱成不许家人陈诉。大理正崔纂等以为宜许陈诉。尚书李韶奏。诏从之。）

当犯人判决下达后，不许其家属陈诉，廷尉卿元志的提议，于理未合。李韶支持崔纂等人的正确意见，上书表示反对，皇帝采纳了他们的意见，从而完善了判决制度，并从法律层面允许纠正冤假错案，以维护社会公平正义。

李佐三子李挺，字神俊，小名提。李神俊是李韶堂弟，年少时即以才学知名于世，太常刘芳对他很欣赏，把女儿嫁给了他。刘芳，字伯文，彭城人。汉朝楚元王刘交后裔。他的祖父刘该任刘宋征虏将军、青徐二州刺史。后因家庭牵连谋反案，

---

[1] 《隋书》卷十《礼仪志》，第195页。

避难青州。“河表七州”被北魏攻陷后，刘芳被北迁编为“平齐民”，当时十六岁。《魏书·刘芳传》称其聪敏过人，笃志好学，虽身处困窘，然而固守正道，淡泊自持。后被任命入宫教授皇太子经典，并陪侍孝文帝讲读经书，参与皇帝南巡事宜，日益受到礼遇。刘芳明辨经典文字音义，有疑问的人都向他请教，因此时人称呼他为“刘石经”。孝文帝迁都洛阳后不久，刘芳越级升任国子祭酒，期间奉命赈济徐州水灾灾民。宣武帝即位，委任刘芳增减律令，修正朝仪。刘芳精通经典，尤明礼乐。延昌二年（513 年）卒，享年六十一岁。

李神俊后来担任前将军、荆州刺史。或许是因为李神俊的父亲李佐主持荆州防务期间，很有威信，边民乐意归附，所以朝廷才让他担任荆州刺史。李神俊果然不负众望，成功抵挡住了来自南朝萧梁的侵犯。

李神俊“风韵秀举，博学多闻”，朝廷典章及世家情况，多所熟悉。他笃好文学雅乐，到老不辍，凡是和他交游的，都是当时的名士。李神俊乐于推荐后生晚辈，为他们延揽声誉，各地的才子们，都渴望能拜在他的门下。比如邢邵，李神俊很敬重他，同他结为忘年之交。李神俊看重魏收才学，奏授司徒记室参军。

《北史》卷四三《李谐传》：

是时邺下言风流者，以谐及陇西李神俊、范阳卢元明、北海王元景、弘农杨遵彦、清河崔赡为首。[1]

荥阳郑伯猷是他的堂房外甥，常对人夸耀：“从舅李神俊乃是天下人物宗主。”郑伯猷，属荥阳郑氏，曾任国子祭酒。元象元年二月，以散骑常侍的身份出使萧梁。梁武帝萧衍仅让领军将军臧盾进行接待，同之前对待使节“令其侯王于马射之日宴对申礼”的待遇相比，无疑是降低了一等。

南人曾问宾司：“邢子才故应是北间第一才士，何为不作聘使？”答云：“子

[1] 《北史》卷四三《李谐传》，第 1604 页。

才文辞实无所愧，但官位已高，恐非复行限。”南人曰：“郑伯猷，护军犹得将命，国子祭酒何为不可？”❶

可是，梁武帝萧衍很敬重李神俊，常对人说：“北朝如果派李神俊来聘问，我就让刘孝绰前往。”刘孝绰，彭城（今江苏徐州）人，父亲刘绘、舅父王融都是南齐有名的学者和诗人。萧梁建立后，任昭明太子萧统的属官，颇受礼遇，曾受命编集萧统的诗文集并作序。《梁书》本传记载：

高祖雅好虫篆，时因宴幸，命沈约、任昉等言志赋诗，孝绰亦见引。尝侍宴，于坐为诗七首，高祖览其文，篇篇嗟赏，由是朝野改观焉。❷

孝绰辞藻为后进所宗，世重其文，每作一篇，朝成暮遍，好事者咸讽诵传写，流闻绝域。❸

梁武帝将李神俊与刘孝绰相提并论，足见其对李神俊的推崇。梁武帝对郑伯猷李神俊一冷一热的表现，恰从反面说明了李神俊的文名之高。北魏琅邪王元诵也很推崇李神俊，他甚至为儿子取名为俊，希望儿子长大后能像李神俊那样，成为一时人杰。

然而，李神俊性格过于洒脱直率，不注意检点节制，以至于一些少年都与他亲昵狎玩，有识之士认为他不够端庄稳重。

《北史》：

北迁邺，于路见狗，温子升戏曰：“为是宋鹊？为是韩卢？”神俊曰：“为逐丞相东走？为共帝女南徂？”沙苑之败，神俊策眇马而走，曰：“丁掾力。”马倒，

---

❶《北史》卷四三《邢峦传附邢邵传》，第 1591 页。
❷《梁书》卷三三，第 480 页。
❸《梁书》卷三三，第 483 页。

曰："丁掾误我。"其不拘若此。[1]

李神俊先后娶的两任妻子都去世了，又打算迎娶郑严祖的妹妹，就是李神俊的堂房外甥女。卢元明也想娶她，于是两家引起纷争。郑氏最终嫁给了卢元明，李神俊为此惆怅不已。卢元明，字幼章，卢昶子。涉历群书，兼有文义。临淮王元彧引为开府属。孝武帝时，封城阳县子，官中书侍郎。东魏孝静帝天平中，官至尚书右丞，兼黄门郎、本州大中正。卒年当在东魏。《魏书》卷四七有传。卢元明善自标置，不妄交游，饮酒赋诗，遇兴忘返。性好玄理，作史子杂论数十篇。今存《剧鼠赋》《嵩高山庙记》等。其《剧鼠赋》，乃北魏文学史承上启下之作。

关于李神俊的婚配情况，据铭刻于东魏兴和三年（541 年）的《李挺墓志铭》记载：

元妻侍中太常文贞公彭城刘芳第二女，字幼妃，未期而亡。又娶丞相江阳王继第三女，字阿妙，薨于穰城。又娶太傅清河文献王第三女，字季聪。

李神俊原配是刘芳第二女刘幼妃，不到一年就去世了。继室是江阳王元继第三女元阿妙，于穰城去世。李神俊迎娶清河王元怿第三女元季聪，当在与卢元明争娶荥阳郑严祖妹妹失败之后。

《全后魏文》卷三十六中收录李神俊《奏定常侍员限》一篇：

比因多故，常侍遂无员限。今以王元景等为常侍，定限八员。(《北史》二十四《王昕传》。太昌初，吏部尚书李神俊奏言。)

王元景即王昕。

《北史・王昕传》：

[1] 《北史》卷一百《序传》，第 3329 页。

元象元年，兼散骑常侍，聘梁，魏收为副，并为朝廷所重。[1]

《北史・魏收传》：

收兼通直散骑常侍，副王昕聘梁。昕风流文辩，收辞藻富逸，梁主及其群臣咸加敬异。先是，南北初和，李谐、卢元明首通使命，二人才器，并为邻国所重。至此，梁主称曰："卢、李命世，王、魏中兴，未知后来，复何如耳。"[2]

李神俊晚年无子，见到崔赡，对邢邵叹息道："昨天见到崔甗的儿子，可算得后生第一。我却没有这样的好儿子，怎能不令人伤怀！"

李韶族弟李琰之，"少机警，善谈，经史百家无所不览"[3]，朝廷如果有什么疑难问题，都会找他咨询。李琰之为人颇为自负，他常说："崔光博而不精，刘芳精而不博；我既精且博，学识兼有二人的长处。"评论的人赞同他学识广博，却不同意他学问精深。当时的舆论，确实也很推崇他。他自夸文章写得好，从姨兄常景只是笑笑，并不附和。常景，河内人，雅好文章，博学多通，是太和改制以后礼乐典章之宗主。他曾拟刘琨《扶风歌》十二首，已佚。今存《赞四君诗》四首，寄托怀抱，情词典雅。

每当有闲暇的时候，李琰之就会闭门读书，不再迎来送往。他曾对人说："我之所以喜欢读书，并不是为了获得身后的名声，只是因为奇闻异见，是我心之所好，所以孜孜不倦，欲罢不能。难道我会为了名声，让自己终日辛劳吗？这实在是天性驱使自己罢了，从来也没有外力强迫过我啊。"安丰王元延明，以博闻多识著称。元延明是安丰王元猛之子，袭其父爵。肃宗初，为豫州刺史，甚有政绩，后任尚书令、大司马。事见《魏书・文成五王传》。本传称其"稽古淳笃""博极群书"，

---

[1] 《北史》卷二四《王昕传》，第 883 页。
[2] 《北史》卷五六《魏收传》，第 2027 页。
[3] 《魏书》卷八二《李琰之传》，第 1798 页。

曾撰《诗礼别义》等行于世。[1]《隋志》未录，亡佚。此外，《隋志》载“《毛诗谊府》三卷，后魏安丰王元延明撰”。两《唐志》同，今佚。元延明每有疑难问题，就会向李琰之请教，他认为自己的学识还是比不上李琰之。

《全后魏文》卷三十六收录了李琰之《宗室助祭议》：

案《祭统》曰：“有事于太庙，群昭群穆咸在。”郑氏注：“昭穆咸在，谓同宗父子皆来。”古礼之制，如是其广，而当今仪注，唯限亲庙四，愚窃疑矣。何以明之？设使世祖之子男于今存者，既身是戚蕃，号为重子，可得宾于门外，不预碑鼎之事哉？又因宜变法，《礼》有其说。《记》言：“五庙之孙，祖庙未毁，为庶人，冠娶必告，死必赴。”注曰：“实四庙而言五者，容显考始封之君子。”今因太祖之庙在，仍通其曾玄侍祠，与彼古记，甚相符会。且国家议亲之律，指取天子之玄孙，乃不旁准于时后。至于助祭，必谓与世主相伦，将难均一。寿有长短，世有延促，终当何时可得齐同。谓宜入庙之制，率从议亲之条；祖祧之裔，各听尽其玄孙。使得骏奔堂坛，肃承禘礿，则情差通。不宜复各为例，令事事舛驳。（《魏书·礼志》二。江阳王继表言，道武曾孙宜得预祭。李琰之议。又见《通典》五十一。）

李琰之时任国子博士，他认为宗室成员应在祖庙举行典礼时陪同祭祀，以彰显同族之情，当时执政的胡太后认为“琰之援据，甚允情理”，命令按他的意见办理。

四世孙李伯尚，少年时就有盛名。二十岁左右，就担任了秘书郎之职，孝文帝常对人说：“他就是李家的千里驹啊。”升任通直散骑侍郎，奉命撰写《太和起居注》。李伯尚弟弟李仲尚，仪貌甚美。他在年少时，就以文学才华知名于世。李仲尚年仅二十岁，创作《前汉功臣序赞》。在叔父李冲去世后，作《司空冲诔》进行悼念。当时兼任侍中的高聪、尚书邢峦看到这些文章后，十分赞叹：“后生可畏，真非虚言。”咸阳王元禧谋反，兄弟都被处死，人才难得，可惜可叹。

---

[1] 《魏书》卷二十《元延明传》，第530页。

六世孙李倩之，据铭刻于开皇六年（586年）《齐故尚书吏部郎中光州刺史李君墓志铭》（简称《李倩之墓志》）记载，李倩之妻子太原王氏，祖琼，中书监长侯。父延业，中书侍郎齐州刺史。李倩之有二子四女。子元俭，并州田曹参军。妻博陵崔氏，父季舒，侍中特进开府仪同三司。子武卿，司州主簿，出后第四叔。妻南阳赵氏，父彦深，侍中司徒公。女月静，适齐州别驾从事史太原王修。女昭明，适太子仆清河崔拯。女昭相，适给事黄门侍郎范阳卢思道，颇有文名。女良愿，适阳夏太守荥阳郑蕴。

李倩之四弟李礼之，妻子荥阳郑氏。史载邢子才为李礼之撰写墓志："食有奇味，相待乃餐，衣无常主，易之而出。"李礼之墓志，近年出土于河南安阳。史书与墓志相合，加之又是"北地三才"之一的邢子才所作，其文献价值和文学价值都十分突出。墓志作"食有加味，相得乃飧，衣无常主，易之而出"。内容大体类似。据墓志记载，李礼之六世祖李暠，四世祖李宝，祖父李韶，祖母荥阳郑氏，父亲李瑾，母亲范阳卢氏，妻子荥阳郑氏。

五弟李行之，字义通，小字师子。性格简静，善守家学，多识前言往行，而不以文学自名。舅子卢思道赠诗"水衡称逸人，潘、杨有世亲，形骸预冠盖，心思出嚣尘"。临终，命家人薄葬，口授墓志以纪其志："陇西李行之，以某年某月终于某所。年将六纪，官历四朝，道协希夷，事忘可否。虽硕德高风，有倾先构；而立身行己，无愧夙心。以为气变则生，生化曰死，盖生者物之用，死者人之终，有何忧喜于其间哉！乃为铭曰：人生若寄，视死如归。茫茫大夜，何是何非。"洒脱达观，有庄子风概。

六世孙李凝之，"笃好古文，精心典礼，以之终老，未尝懈倦"[1]。

六世孙李僧伽，行为修整，笃于学业，不应征召。去世后，尚书袁叔德作怀旧诗悼念他："平生寡俗累，终身无世言。"其见重如此。

八世孙李师上，外祖魏收。李师上聪敏好学，雅有词致。他与崔君洽、卢公顺，并称"康寺三少"。

---

[1] 《北史》卷一百《序传》，第3321-3322页。

综上，北魏李冲的文章，充分体现出北朝文学“务实”和“崇儒”的创作倾向，而北朝陇西李氏家族的其他成员，他们的文学活动与文学创作，也表现出类似的特点。

第六章
结　论

由于陇西李氏，支脉分散，家族庞大，所以有广义和狭义的区别。广义的陇西李氏，即包括秦汉以来源出陇西狄道的李姓宗族成员。本文为研究及行文的方便，取狭义的概念，所谓的北朝陇西李氏家族，特指西凉李暠之孙李宝一系。

陇西李氏本为秦汉陇西郡的名门望族，由于西晋末年天下大乱，故宗族整体迁往河西避难，就此在河西地区立足繁衍，发展壮大。从魏晋时期开始，陇西李氏已经开启了武力强宗向文化士族的转变。可是随着西凉国的覆灭，这一转变过程遭遇了短暂挫折。南北朝时期，可以视为陇西李氏的第三次兴起阶段。至北魏后期，陇西李氏成为文化士族的转变也彻底完成。

陇西李氏在北魏以勋业获得门第，至李暠曾孙李冲时，声望达于顶峰。由于与皇权的过分接近，陇西李氏的政治势力随着北魏皇权的盛衰而起落，然而，作为文化士族的陇西李氏，由于文化底蕴深厚，因其代有才人，故文脉不坠，绵延不绝。到了隋唐两朝，兼收并蓄，厚积薄发，从而散发出更为夺目的光芒。

陇西李氏作为第一流士族，对于中古社会产生了巨大而持久的影响，故中古历代都有伪冒陇西李氏的情况出现。例如，西魏北周的一些旁族勋贵，在地位上升之后，也冒称自己是陇西李氏的后代。不过，客观来说，这种旁族勋贵的攀附与伪冒，又在无形中进一步提高了陇西李氏家族的社会声望。

李唐王朝建立后，皇室也自称出自陇西李氏，故在贞观年间修《氏族志》时，陇西李氏被列为第一等。近年在西安、洛阳发现的唐代皇室墓志中，墓主都自称是陇西狄道人。通过结合考古发现与正史记载，考辨源流，论定谱系，分辨真伪，将会成为今后陇西李氏研究中的重要课题。

参考文献

[1] 魏收，等 . 魏书 [M]. 北京：中华书局，1974.

[2] 李百药 . 北齐书 [M]. 北京：中华书局，1972.

[3] 令狐德棻，等 . 周书 [M]. 北京：中华书局，1971.

[4] 魏征，等 . 隋书 [M]. 北京：中华书局，1973.

[5] 李延寿 . 北史 [M]. 北京：中华书局，1974.

[6] 李延寿 . 南史 [M]. 北京：中华书局，1975.

[7] 范祥雍 . 洛阳伽蓝记校注 [M]. 上海：上海古籍出版社，1978.

[8] 王利器 . 颜氏家训集解 [M]. 增补本 . 北京：中华书局，1993.

[9] 陈寅恪 . 隋唐制度渊源略论稿 [M]. 北京：三联书店，2001.

[10] 王仲荦 . 魏晋南北朝史 [M]. 上海：上海人民出版社，2003.

[11] 唐长孺 . 魏晋南北朝隋唐史三论 [M]. 武汉：武汉大学出版社，1992.

[12] 唐长孺 . 魏晋南北朝史论丛 [M]. 石家庄：河北教育出版社，2000.

[13] 周一良 . 魏晋南北朝史论集 [M]. 北京：北京大学出版社，1997.

[14] 田余庆 . 拓跋史探 [M]. 修订本 . 北京：三联书店，2011.

[15] 李凭 . 北魏平城时代 [M].3 版 . 上海：上海古籍出版社，2014.

[16] 逯耀东 . 从平城到洛阳——拓跋魏文化转变的历程 [M]. 北京：中华书局，2006.

[17] 杜士铎 . 北魏史 [M]. 修订本 . 太原：北岳文艺出版社，2017.

[18] 陈爽 . 世家大族与北朝政治 [M]. 北京：中国社会科学出版社，1998.

[19] 严可均 . 全上古三代秦汉三国六朝文（横排本）[M]. 石家庄：河北教育出版社，1997.

[20] 韩理洲 . 全北魏东魏西魏文补遗 [M]. 西安：三秦出版社，2010.

[21] 韩理洲 . 全北齐北周文补遗 [M]. 西安：三秦出版社，2008.

[22] 韩理洲 . 全隋文补遗 [M]. 西安：三秦出版社，2004.

[23] 逯钦立 . 先秦汉魏晋南北朝诗 [M]. 北京：中华书局，1983.

[24] 赵建军，等 . 北朝诗校注 [M]. 天津：南开大学出版社，2014.

[25] 朱祖延 . 北魏佚书考 [M]. 郑州：中州古籍出版社，1985.

[26] 刘跃进 . 秦汉文学地理与文人分布 [M]. 北京：中国社会科学出版社，2012.

[27] 刘跃进 . 中国古代文学通论（魏晋南北朝卷）[M]. 沈阳：辽宁人民出版社，2005.

[28] 胡国瑞 . 魏晋南北朝文学史 [M]. 武汉：武汉大学出版社，2013.

[29] 罗宗强 . 魏晋南北朝文学思想史 [M]. 北京：中华书局，1996.

[30] 曹道衡，沈玉成 . 南北朝文学史 [M]. 北京：人民文学出版社，1991.

[31] 曹道衡 . 南朝文学与北朝文学研究 [M]. 南京：江苏古籍出版社，1998.

[32] 曹道衡，刘跃进 . 南北朝文学编年史 [M]. 北京：人民文学出版社，2000.

[33] 刘跃进 . 中古文学文献学 [M]. 南京：江苏古籍出版社，1997.

[34] 王允亮 . 南北朝文学交流研究 [M]. 上海：上海古籍出版社，2010.

[35] 周建江 . 北朝文学史 [M]. 北京：中国社会科学出版社，1997.

[36] 吴先宁 . 北朝文化特质与文学进程 [M]. 北京：东方出版社，1997.

[37] 程章灿 . 魏晋南北朝赋史 [M]. 南京：江苏古籍出版社，2001.

[38] 田恩铭 . 中古史传与文学研究 . 长沙：岳麓书社，2015.

[39] 王永平 . 中古士人迁徙与文化交流 [M]. 北京：社会科学文献出版社，2005.

[40] 赵万里 . 汉魏南北朝墓志集释 [M]. 台北：新文丰出版公司，1982.

[41] 赵超 . 汉魏南北朝墓志汇编 [M]. 天津：天津古籍出版社，1992.

[42] 罗新 , 叶炜 . 新出魏晋南北朝墓志疏证（修订本）[M]. 北京：中华书局，2016.

[43] 王连龙 . 新见北朝墓志集释 [M]. 北京：中国书籍出版社，2013.

[44] 毛远明 . 碑刻文献学通论 [M]. 北京：中华书局，2009.

[45] 马立军 . 北朝墓志文体与北朝文化 [M]. 北京：中国社会科学出版社，2015.
[46] 魏宏利 . 北朝碑志文研究 [M]. 上海：中国社会科学出版社，2016.
[47] 白寿彝 . 中国通史（第 5 卷）[M]. 上海：上海人民出版社，1995.
[48] 祝中熹 . 甘肃通史（魏晋南北朝卷）[M]. 兰州：甘肃人民出版社，2009.
[49] 葛兆光 . 中国思想史 [M]. 上海：复旦大学出版社，2010.
[50] 罗宏曾 . 魏晋南北朝文化史 [M]. 成都：四川人民出版社，1989.
[51] 万绳楠 . 魏晋南北朝文化史 [M]. 合肥：黄山书社，1990.
[52] 朱大渭，等 . 魏晋南北朝社会生活史（修订本）[M]. 北京：中国社会科学出版社，2005.
[53] 陈壁生 . 孝经学史 [M]. 上海：华东师范大学出版社，2015.
[54] 沈福伟 . 中西文化交流史 [M]. 上海：上海人民出版社，2014.
[55] 张国刚 . 中西文化关系史 [M]. 北京：高等教育出版社，2006.
[56] 罗宗真 . 魏晋南北朝考古 [M]. 北京：文物出版社，2001.
[57] 罗丰 . “丝绸之路”与西北历史考古 [M]. 北京：文物出版社，2004.
[58] 张庆捷，等 .4—6 世纪的北中国与欧亚大陆 [M]. 北京：科学出版社，2006.
[59] 荣新江 . 中古中国与外来文明 [M]. 北京：三联书店，2001.
[60] 林梅村 . 汉唐西域与中国文明 [M]. 北京：文物出版社，1998.
[61] 郑岩 . 魏晋南北朝壁画墓研究 [M]. 北京：文物出版社，2002.
[62] 陈朝晖 . 论北朝儒学及其地位 [J]. 齐鲁学刊，1989（5）.
[63] 张弓 . 北朝儒释道论议与北方学风流变 [J]. 孔子研究，1993（2）.
[64] 张书城 . 陇西李氏源流 [J]. 丝绸之路，1994（3）.
[65] 钟仕伦 . 东晋南北朝时期南北经学、史学、艺术交流述略 [J]. 四川师范大学学报（哲社版），1997（4）.
[66] 申屠炉明 . 南北朝儒家经学义疏三论 [J]. 江苏社会科学，2001（4）.
[67] 曹道衡 . 北朝黄河以南地区的学术与文化 [J]. 福州大学学报（哲学社会科学版），2002（2）.
[68] 曹道衡 . 黄淮流域和中古学术文化 [J]. 文史哲，2004（3）.

[69] 邵正坤 . 北朝家学的特征及其转变 [J]. 社会科学辑刊，2007（3）.

[70] 赵雷 . 坞堡的社会组织形式对北朝学术、士风及文学的影响 [J]. 社会科学辑刊，2007（6）.

[71] 邵正坤 . 试论北朝以传承儒学为主的家学及其嬗变 [J]. 孔子研究，2008（3）.

附录

北魏

○ 魏故国子学生李伯钦墓志铭（景明三年十二月十二日）

魏故国子学生李伯钦墓志铭 / 曾祖翻，魏骁骑将军、酒泉太守；夫人晋昌唐氏，父瑶，冠 / 军将军、永兴桓侯；夫人天水尹氏，父永，张掖令。/ 祖宝，使持节、侍中、镇西大将军、开府仪同三司、并州 / 刺史、敦煌宣公；夫人金城杨氏，父祎，前军参军；后夫 / 人同郡彭氏，父含，西海太守。 / 父佐，使持节、安南将军、怀相荆秦四州刺史、兼都官 / 尚书、泾阳照子；夫人同郡辛氏，父松，镇远将军、汉阳 / 太守、狄道侯；后夫人荥阳郑氏，父定宗。/ 讳伯钦，秦州陇西郡狄道县都乡和风里人也。幼而 / 岐悟，明经早岁，缉韵沉华，谈端辨密。故以衿岭于上 / 庠，峻标于胄子矣。方隆克家之寄，增荷薪之属，必庆 / 有声，唯因无实。春秋十有三，魏太和六年，岁次壬戌 / 二月丙戌朔廿七日壬子，卒于平城。蕙残富春，名流 / 恸惜。粤景明三年岁次壬午十二月乙酉朔十二日 / 丙申，迁窆于邺城西南豹寺东原吉迁里。/ 志铭 : / 珠潜骊浦，琛藏崐岫，桂质冰襟，必也洪胄。弱而专术， / 渊章洞究，高第国庠，明经独秀。来戬有言，仁亦无寿。/ 白杨一晦，松门不昼，垄草时衰，清尘岁茂。(《李伯钦墓志》2001 年出土于河北临漳，墓志拓片图版，见刘恒《北朝墓志题跋二则》，《书法丛刊》2002 年第 2 期。)

○魏故假节龙骧将军豫州刺史李（蕤）简子墓志铭（正始二年十二月廿四日）

【志盖】阙

【铭文】

魏故假节龙骧将军豫州刺史李简子墓志铭 / 君讳蕤，字延宾，陇西郡狄道县都乡和风里人也。弱冠侍御 / 中散符玺郎中，转监御令，拜步兵校尉，出为东郡太守，迁大/司农少卿。春秋卌二，以正始二年太岁在乙酉十一月戊辰/朔九日丙子薨于洛阳之城东里。诏赠假节龙骧将军，豫州刺史，谥曰简。其年十二月廿四日庚申窆于覆舟之北原，/祔葬季父司空文穆公神茔之左。其辞曰：/冑延业祉，名族唯李，本系高阳，分命伊土。末叶弥昌，英贤代/起，克诞若人，令问不已。龆年播淑，绮岁流风，清衿外朗，识韵/内融。尔既从政，声实兼隆，逸辔方骋，夷路兀穷。同位且来，日/月流遽，垄首烟凝，松关栖雾。幽埏一晦，泉庭不曙，身灭黄庐，/芳题篆素。亡祖宝，字怀素，仪同三司敦煌宣公。夫人金城杨氏。父祎，/前军长史。亡父承，字伯业，雍州刺史沽臧穆侯[1]。夫人太/原王氏。父慧龙，荆州刺史长社穆侯。君夫人太原王氏，讳/恩荣，封晋阳县君。合葬君墓。父洛成，太宰中山宣王。/君八男，四女。（赵超《汉魏南北朝墓志汇编》，天津：天津古籍出版社2008年版，第48页。）

○魏故使持节假黄钺侍中太师领司徒都督中外诸军事彭城武宣王妃李（媛华）氏墓志铭（正光五年八月六日）

【志盖】阙

【铭文】

魏故使持节假黄钺侍中太师领司徒都督中外诸军事彭城武宣王妃李氏墓志铭/亡祖讳宝，使持节侍中镇西大将军开府仪同三司并州刺史敦煌宣公。/亡父讳冲，司空清渊文穆公。/夫人荥阳郑氏。父德玄，字文通，宋散骑常侍，魏使持节冠军将军豫州刺史阳武靖侯。/兄延寔，今持节督光州诸军事左将军光州刺史清渊县开国侯。/亡弟休纂，故太子舍人。/弟延考，今太尉外兵参军。/姊长妃，适故使持节镇北将军相州刺史文恭子荥阳郑道昭。/姊伸王[2]，适故司徒主簿荥阳郑洪建。/姊令妃，适故使持节抚军青州刺史文子范阳卢道裕。/妹稚妃，适前轻车将军尚书郎中朝阳伯清河崔勗。/妹稚华，适今太尉参军事河南元季海。/子子讷，字令言，今

---

[1] 据《魏书》《北史》《新唐书》，“沽臧”当作“姑臧”，疑为刻写错误。
[2] 据原墓志，“伸王”当作“仲玉”。

彭城郡王。妃陇西李氏，父休纂。/ 子子攸，字彦达，今中书侍郎武城县开国公。/ 子子正，字休度，今霸城县开国公。/ 女楚华，今光城县主，适故光禄大夫长乐郡开国公长乐冯颢。父诞，故使持节侍中司徒长乐元公。/ 女季望[1]，今安阳乡主，适今员外散骑侍郎清渊世子陇西李惑[2]，父延寔。/ 妃讳媛华，陇西狄道县都乡和风里人。远胄高阳，遥源姬水，蕴无名于柱下，播奇功于塞上。及大 / 据河洛，光启霸功，道迈一匡，爵踰八命。仪同勋著西垂，司空名盖东夏。故已宠侔五公，事邻画一。/ 妃体贞明之质，禀淑令之姿，幼志有成，率由非奖。爰初设帨，及此方笄，播彩公宫，摛光牖下。及有 / 行将远，中谷时盈，瞻彼惟鸠，移天作合，河洲未比其德，琴瑟岂况其和。闺庭整峻，言不越阃。/ 武宣出统戎马，入总机权，百揆一人，万务由己，声绩允著，朝野嗟称。岂独外行所招，盖亦内德之 / 助。及崩城结涕，朝哭欑悲，藐尔诸孤，实凭训诱。诞此三良，形兹四国，无事断机，弗劳屡徙，而日就 / 月将，并标声价，齐名三虎，迈响八龙。妃既善母仪，兼闲妇德，三从有问，四教无违。帝宗仰其风流，/ 素族钦其盛轨。方当追踪上古，准的来今，享万钟之殊荣，尽色养之深愿。而倚伏难思，斯心未展，/ 遽等流川，奄如过客。以正光五年岁次甲辰正月癸未朔十五日丁酉薨于第。春秋卌有二。/ 二宫贻怆，疏亲轸悲，若以小大相方，故亦事兼无律。其年秋八月六日甲申合葬武宣王陵。乃作 / 铭曰：惟斗垂精，惟枢播灵，比肩世秀，闲出民英。八元腾实，三吏飞声，岂伊髦俊，亦降贤明。四行必修，六 / 礼无忒，立言成范，动容作则。望水齐智，瞻星比德，远彼公宫，来嫔邦国。王鶊比旦，鶮鵗兴燕，功毗 / 下武，勋格皇天。于昭中馈，宅后光先，陆离组佩，照耀簪钿。介兹简简，膺此穰穰，爰诞三胤，玉闰金 / 箱。德音秩秩，车服光光，颁圭锡社，且公且王。必祀迈种，母仪列蕃，邢茅凡蒋，夏清冬温。节高名贵，/ 道盛身尊，奄如悲谷，忽去高门。哀结未央，涕流长乐，物彩爰备，声明聿作。宛宛游鱼，团团飞鹤，眷 / 然城辇，长归冥漠。周附于毕，任合自鲁，追远慎终，千龄载睹。且驯毚菟，将繁宿莽，春兰秋菊，

[1] 据原墓志，“季望”当作“季瑶”。
[2] 据《魏书》《北史》，“李惑”当作“李彧”，疑为刻写错误。

无绝 / 终古。（赵超《汉魏南北朝墓志汇编》，天津：天津古籍出版社 2008 年版，第 148 页。）

○魏故使持节侍中假黄钺都督中外诸军事太师领司徒公彭城武宣王（元勰）墓志铭（永平元年十一月六日）

【志盖】阙

【铭文】

魏故使持节侍中假黄钺都督中外诸军事太师领司徒公彭城武宣王墓志铭王讳勰，字彦和，司州河南洛阳光睦里人也。显祖献文皇帝之第六子，高祖孝文皇帝之弟。仕历侍中已下至太师。十七除官。永平元年岁在戊子，春秋卅六，九月十九日己亥薨。追赠使持节侍中假黄钺都督中外诸军事太师领司徒公，谥曰武宣王。其年十一月六日窆于长陵北山。其辞曰：承干体极，胄皇绪圣，睿明夙跻，含仁履敬。德冠宗英，器高时令，铉教孔修，端风丕映。流恩冀北，申威南郢，遵彼止逊，挹此崇盛。华衮素心，蠲烦息竞，志栖事外，颐道养性。寿乖与善，福舛必庆，隆勋短世，远情促命。遗惠被民，馀芳在咏。太妃长乐潘氏，祖猛，青州治中东莱广川妃陇西李氏，祖宝，仪同三司，敦煌宣公。二郡太守父弥，平原乐安二郡太守父冲，司空清渊文穆公。（《汉魏南北朝墓志集释》）

注末二行上下分刻。应连读为：太妃长乐潘氏，祖猛，青州治中东莱广川二郡太守。父弥，平原乐安二郡太守。妃陇西李氏，祖宝，仪同三司，敦煌宣公。父冲，司空清渊文穆公。

○魏故怀令李（超）君墓志铭（正光六年正月十六日）

【志盖】阙

【铭文】

魏故怀令李君墓志铭 / 君讳超，字景升，本字景宗，后承始族叔在江左者悬同，故避改云，秦 / 州陇西郡狄道县都乡华风里人也。雅著高节，敦袭世风，言行足师，/ 兴作成准，循情孝友，因心名义。安贫乐道，息诡遇之襟；介然峻特，标/确焉之操。弱冠举司州秀才，拜奉朝请，除恒农郡冠军府录事参军/事，宰沁水县。巨政崇治，绰居尤最。为受罪者所诬章，宪台误听，被兹/深劾，除名为民。于是廿年中，浮沉闾巷，玉洁金志，卓尔无闷。到熙平/二年，甫更从宦，补荆州前将军骑兵参军事，复作怀令。已受拜，垂垂/述职，遭疾，正光五年八月十八日卒于洛阳县之永年里宅，时年六/十一。孤贞华首，讫于二邑，门从无两，远迩酸恨，怀之百姓，长慕丧气，/虽陈留之哀望胡季睿，不是过也。越六年正月丙午朔十六日辛酉，/葬洛阳县覆舟山之东南。玄壤难穷，陵谷时异，刻兹阴石，照序光尘：/泱泱显族，敛蔓西垂，代袭清则，□炳羽仪。道妙之门，绪风属斯，惟祖/惟考，倜傥瑰奇。昌谟迭驾，高篯明规，杳量无隄，玄契不赀。总修异贯，/员应纷枝，灼灼伊君，山立渊渟。栖真宅正，寝绳履程，懿铄为质，醇素/用情。均冶礼世，气重财轻，亦既从招，旁溢鸿声。随牒出入，密勿力诚，/爰莅近邑，先迈仪形。绝交独坐，化动阴窴，尚德贻咎，众实叵盖。拂衽/归来，饰辕褫带，恂恂乡閈，万殊一会。优柔善成，无小无大，垂白再仕，/泛尔沿流。阶伦稍降，盛业愈遒，逯作后城，士女承休。辔顿方驰，尽土/悲愁，克节炯言，引赏靡征。端恭妄砥，家俗虚膺，擢彼圮迹，事罕篇缯。/长源未输，深图乍卷，蕴此逸机，空生徒返。兹冤易削，畴毒难遣，桢椈/踈竦，泉房寒远。孀孤内烂，妹弟摧咺，式镂沉石，讬注幽篆。/妻恒农杨氏，父谈，为郑州主簿。息女孟宜，年卅六，适恒农王始俊，/郡中正。息女媛姿，适辽西常彪，侍御史。息女仲妃，适武威贾子/谧，凉州治中。息道冲。息女婉华。息女休颜。息女四辉。息道逸，年十六。息道栖，年十三。（赵超《汉魏南北朝墓志汇编》，天津：天津古籍出版社 2008 年版，第 160 页。）

○魏故龙骧将军洛州刺史泾阳县开国子李（遵）使君墓志铭（正光六年五月廿日）

【志盖】魏故龙骧将军洛州李使君墓志

【铭文】

魏故龙骧将军洛州刺史泾阳县开国子李使君墓志/君讳遵，字仲敬，陇西狄道人也。世官命氏，备于史册，不足详论。伯阳以神权应物，戎/俗从化；郎中以果毅标名，节彰竹素。自兹已降，盛德相袭。/高祖梁武昭王[1]，属晋历失御，戎狄乱华，鼎峙一方，守政不易，怀柔讨暴，大拯生民。元/勋记于天府，霸功以之克隆。曾祖骁骑将军，武志超群，声腾朔土。王父宣/公，析瑞晋蕃，惠泽早树。显考昭侯，神机秀朗，英规卓异。太和末，/高祖文皇帝亲统六戎，南临樊邓。江北伪师守迷不变。乃进潜谋以走吴兵，献奇略/以屠新野。功书彝鼎，胙土泾阳。君禀灵和之淑气，诞踪哲于龆年。慜惠夙成，行先言/后。于时国庠创改，黜陟唯明，清衿之选，实钟秀彦。君始藻文闱，已升高第，俄铨司空/行参军。司简才优，不展逸足。高阳王，帝之季弟，作镇邺都，傍督邻壤。望府纲僚，皆尽/英胄。君首充其选，为行参军署法曹。处烦绵载，匡弼唯明，滞理斯通，吏无停业。既而/昭侯薨，君泣血羸形，孝出人表。服阕，除员外散骑侍郎。纵容禁省，文谈自娱。君归国/三世，家于北都。先侯康素，暂尝临相，云构居南，二促迁限，遂编户魏郡之汤阴县。夜/光之璞，异域同珍，姜兰之性，易地犹馥。除相州别驾，勤于施恤，孤贫忻赖焉。赞莅未/期，誉流千里。虽休征之康海沂，伯舆之治青土，对此而言，彼何能尚。还拜奉车都尉，/出补冀州征北大将军长史，又加中垒将军，复除冀州安东府上僚。境带河海，俗伪、民凋，加乘寇之妖，奸秽未荡。君乃毗岳流惠，群情宁顺。迁司空、司马。水土之务，平和/实难，规赞均明，无思不治。清风允穆，素论攸归。君孝以奉亲，恭于敬上，行着闺门，信/敷朋执，经文履义，体道弘仁，学洞儒宗，辞单林苑，在公无诐，从善若流。方将克终令/轨，显陟端衡，而钟山坠玉，桂圃摧芳。降年不永，春秋五十二，正光五年五月八日薨/于洛阳显德里第。有诏嗟悼，赠假节龙骧将军洛州刺史。六年五月乙巳朔廿二日/丙寅窆于豹祠之南，先公神道之左。内妹夫张景渊慜王仪之长逝，叹俎川之无返。/以舟壑易徙，缣竹难常，敬刊幽石，勒美玄堂。其词曰：/冑烈钟鼎，族炳金符，绵绵不已，世挺王寶瑜。惟祖惟父，功德仍敷，褒庸胙土，荣佩天衢。/诞生夫子，幼而慜勖，倚芳兰

[1] 据《魏书》《北史》《新唐书》，“梁”当作“凉”，疑为刻写错误。

莒，比润金玉。优游羽仪，徘徊桥木，如彼云中，譬空谷[1]。粤/惟弱龄，青衿应令，奉诗能言，执礼知命。门朋惟肃，在公伊敬，殷勤绮谈，流连雅咏。入/匡台府，出赞华蕃，民肯赖止，惠化祛烦。方升丹陛，连翼鸿鹓，共埤庶政，或侃乾元。积/善云福，谒仁者寿，呜呼上天，良木中朽。哲人斯委，惜哉何咎，如可赎兮，身百焉有。爰/结神川，惠流冀民，帝钦乃德，还扬天津。伯禹之化，委政伊人，如何不永，奄尔/长泯。悲缠朝野，痛结朋亲，丹旐夙设，龙车需戒辰。凄凄楚挽，灼灼容輴，长归泉室，委体/幽尘，令誉无朽，清松日新。/大魏正光六年岁次乙巳五月廿日镌记。（赵超《汉魏南北朝墓志汇编》，天津：天津古籍出版社 2008 年版，第 164 页。）

〇李彰墓志（太昌元年九月廿九日）

【志盖】阙

【铭文】

魏故通直散骑侍郎左将军瀛/州刺史司州河南郡洛阳县澄/风乡显德里领秦州陇西郡狄/道县都乡和风里李彰，年廿二，/字子焕。/维大魏太昌元年岁次壬子九/月壬辰朔廿九日庚申殡于石/人亭大道北，覆舟山之阳。/祖冲，司空文穆公。父延寔，使持节侍中太师太尉/公。（赵万里《汉魏南北朝墓志集释》，台北：新文丰出版公司 1982 年版，第 282 页。）

〇魏故假节督南青州诸军事征虏将军南青州刺史郑使君夫人李（晖仪）氏墓志铭

【志盖】阙

【铭文】

魏故假节督南青州诸军事征虏将军南青州刺史郑使君夫人李氏墓志铭/夫人讳晖仪，陇西狄道人，帝高阳氏颛顼之裔也。庭坚言惠以命氏，伯阳隐道以无名。/

---

[1] 原墓志有阙文，缺一字，疑为漏刻。

自汉丞相蔡，逮乎凉武照王暠，或缉熙帝载，或拔乱一匡，年逾数百，世历三代，风流并 / 轨，儒雅继及。祖宝，仪同、敦煌宣公，履顺含柔，礼穷八命。父承，雍州刺史、姑臧穆侯，怀灵 / 挺秀，见贵一时。三昆龙光，并据台鼎。旁枝继别，各服衮衣，虽栾范之羽仪霸晋，季孟之 / 冠盖王鲁，无以尚也。夫人少秉幽闲之操，幼洁琬琰之姿，身苞六行，体兼四德。若其端 / 一诚庄之节，仁□明道之睿，莫不自性灵，取之怀抱。组紃之暇，专习经书，访弟谘兄，/ 不含昼夜，故以贻讥博士，见号诸生。年十有三，初执箕帚，配德哲人，主兹中馈，已乃仪 / 形素里，模范闺房。夫人娣姒之中，於秩为小，上奉舅姑，旁事同室，廉让敬恭，谦柔忠爱，/ 喜愠不形于色，得失无概于心。仁恕宽和，泯然无际。又识用渊长，聪明徽密。普泰奄有 / 万国，冠带百神，长女上太妃，小宗之嫡，实唯君母。主上屡使家人传辞，欲崇以极号。/ 夫人以权疑在朝，虑生猜祸，苦加诲约，不令顺命。太妃亦深鉴倚伏，固而弗许，所以蹈 / 此危机，终保元吉者，抑亦夫人之由。及大息伯猷，自散骑常侍而为国子祭酒。时论以 / 外戚相拟，咸谓此授为轻。夫人闻之，唯恐更有迁换。诚厉殷勤，千绪万牒。每昏定晨省 / 之际，未尝不以之为言。是以诸子遵节，莫冀通显，或降级出守，或仍世不移，或盘桓利 / 居，匪期招命。斯固夫人之志，物议所不知。其杜渐防萌，皆此类也。魏太昌元年冬十一 / 月四日送亡嫂故司徒孝贞公夫人崔氏附葬先茔时，隆寒哀恸，因感旧疾。自斯大渐，/ 弥历岁时。而天地不仁，福谦无象。至永熙二年岁次癸丑春三月己丑朔十二日庚子 / 夜人定薨于洛阳之修文里舍，春秋七十一。以其年夏五月戊子朔九日丙申启途，十 / 五日寅祖引，越廿二日己酉，附窆于荥阳之敖山之阳。哀嗣伯猷等擗摽永慕，穷叫 / 摩追。贪及余喘，略撰遗行。然书不尽言，无能万一。友人中书侍部巨鹿魏收虽年在雁 / 行，而义均同志。后来之美，领袖辞人。托其为铭，式传不朽。其辞曰：/ 虞谋似马，孔叹如龙。攸哉世业，郁矣民宗。丞相亹亹，德在歌钟。武昭赫赫，道被笙镛。皇 / 祖烈考，乃公惟牧。同株别干，台居衮服。连镳杨氏，并驱素族。崛彼曾峰，秀兹桥木。阴祇 / 纳祉，徽猷萃止，观图问传，言诗访史。外映琼瑶，傍沾兰芷，有行准配，高名贵仕。清晖素 / 誉，俄焉在斯，六列咸序，四教无亏。再宣嫔德，重贻母仪，二耻齐契，三徙同规，邦家忻戚，/ 安危实有，抱虚斯应，持坚而守。去盈存谦，居薄推厚，于休靡逸，遘屯无咎。诜诜履训，扇/此风流。拟龙苞爽，类虎兼彪。仓仓并翥，宛宛俱游。方申家庆，遽即泉幽。徒闻上寿，如何/下世。东龟告谋，西輀迈辙。坟埏暂启，山门行闭。颓陵可期，雕金永晰。（墓志2002年出土于郑州，现藏郑州市友石斋）

东魏

○魏博陵元公故李（艳华）夫人墓志铭［兴和三年黄钟之月（即十一月）十七日］

【志盖】阙

【铭文】

魏博陵元公故李夫人墓志铭/夫人字艳华，陇西狄道人，武昭王皓之五世孙也。月华/远胄，星光遥绪，缔构五回，派流九折，种德积善，世有达/人，轩冕联华，龟玉交映。虽十纪七叶之门，银钩金社之/族，自我相望，有兼厥美。祖蕤，司农豫州刺史。父该，散骑/常侍济广二州刺史。夫人资和方天，禀命淑灵，孝乃自/天，仁实由己，婉娩四德，肃雍六行，曲尽柔顺之方，雅极/听从之道。至于颦笑归美，点画见传，方圆贻范，朱紫成/则，虽南国容华，北方绝世，光影相邻，是非无辩。年十七，/归于元氏。□母事姑，婉然作合，居不言容，敬等如宾，奉/上温恭，逮下慈惠，斯须无怠，造次靡失。丝茧组紃之功，/苹蘩醴酉缶之品，从今行古，人无闲言。信可模范一时，矩/仪当世。而沧浪不吊，事隔与善。年卌，以兴和三年大梁/之岁应钟之月二日庚子卒于家。于黄钟之月十七日/乙酉□窆于邺城之西北十有五里。呜呼！寒暑进退，陵/谷斡流，式铭员石，永播芳猷。乃作颂曰：/高门何有，素论攸归，钟美奚属，淑女嗣徽。譬诸兰蕙，自/有芳菲，白马日驾，黄鸟载飞。来自素里，居此朱扉，春花/始茂，朝露已晞。月临长簟，风卷灵衣，杂佩辍响，宝镜潜/辉。野荒雾晦，树拱风威，千秋万古，宁知是非。（赵超《汉魏南北朝墓志汇编》，天津：天津古籍出版社2008年版，第347页。）

○李挺墓志铭（兴和三年十二月廿三日）

【志盖】阙

【铭文】

公讳挺，字神俊，陇西狄道人也。盖理官兴祭，事祖庭坚，道家命氏，咸推藏室。将军树功易水，卫尉拟德成蹊，逮兹爰降，龙光世及，神钩谢祉，昭社惭荣。高祖凉武昭王，风云命世，开霸河右。曾祖酒/泉公，精芒集庆，因岳峻基。祖侍中使持节征西大将军开府仪同三司沙州牧并州刺史敦煌宣/公，拔茅以汇，委质来庭。父尚书昭侯，英图茂业，存诸王府。公奇才格世，美相标形，龙驹是属，凤毛/攸在。书同班子，静类杨生，德穆芷兰，言成潘沐。飂飂共松风等韵，烂烂与岩电齐明。太常刘贞公，/一代伟人也，特相赏异，申以婚姻。佥谓冰清玉润，复在兹耳。释褐奉朝请，转司徒祭酒，从事中郎。/摛缀新遒，吐属闲远。朋僚推慕，府内增华。顷之，拜骁骑将军中书侍郎。阿阁岩深，鸩池清浚，丝纶/之寄，于此得人。迁太常少卿。乃□谘故实，斟酌世典，不坠斯文，号为称职。穰城跨蹑樊沔，衿带王/畿，威敌字氓，允钟朝望。乃除前将军荆州刺史。于是持纲振领，匪尚小察，班条设教，期在便民。赭/綖之谋弗施，奸豪自肃；簪辖之权靡用，人莫能欺。俄属关陇骚然，燕代烽起，朝廷方忧内难，专事/澄清，句吴幸衅，凭凌边鄙。水军飘锐，事均关羽之来；旧灶生蛙，不异赵衰之急。公拊循有素，应变/无方，九地神幽，百楼崛起，莫不输心毕力，穷而益固。故知挹河所以称醉，侠纩非谓同袍。竟使敌/人弃钾，侵田自反，德流沔汉，威震江湘。以功封千乘县侯，食邑一千户。就征入拜大司农卿。公本/以文雅为名，不存武力，及在南蕃，威略遐靡。至是朝野叹息，咸以兼资许焉。既而葛荣作衅，流毒/漳滏，仍劳威望，寄以北门。授镇军将军行相州事。遵途未达，有诏征还，会尔朱入朝，庄皇纂统，即/拜散骑常侍领殿中尚书中书监兼吏部尚书。公器实国华，德唯民望，摄总枢要，义兼贤戚，所怀/无隐，苟利必为，有若戴天，其如挹海。寻解馀任，正位选曹。若乃季代氏族之书，人伦当世之事，犹/兹达昧，不舛淄渑。譬彼知音，妙探蝉鼠，抑扬无所阿避，苞苴由此弗行。剖盈尺于荆岩，拂奔踶□/吴阪，垢面羸衣，更不足异，举才见弹，适彰其美。迁卫将军右光禄大夫。永熙登极，授散骑常侍骠/骑大将军左光禄大夫仪同三司兼尚书左仆射。天平初，行并州事。寻以本官除肆州刺史。俄而/征补侍中。切问近对，良资博物，献可替否，是曰王臣。仲宣之在魏朝，延祖之居晋代，无以加也。公/早历清途，夙延嘉誉，年迳盛衰，世变朝市，礼乐系其废兴，缙绅仰而成则，辞豫章之美，怀寝丘之/陋，当时罕为对，天下服其名。加以尺蠖居身，虚舟在物，浮沉用舍，脱略威仪，蹑有道之清尘，想太/丘之为德，斯所谓通人靡滞，历半千而一遇者已。方登正铉，永调玉烛，岂言报施，曾不慭留。以兴/和三年六月十七日薨于位，春秋六十四。停沽罢饰，非唯邹郑，破琴息斫，岂独牙周。朝廷愍惜，追/赠使持节侍中都督雍秦泾三州诸军事骠骑大将军雍州刺史司徒公尚书左仆射，谥曰文贞，/礼也。粤以兴和三年岁次辛酉十二月廿三日葬于邺城之西南七里豹祠之东南二里半。乃作/铭曰：/世称右族，族号世臣，冠冕方盛，风流日新。骈组若若，长毂辚辚，旧德钟美，挺兹俊民。俊民之生，夙/知早慧，外标眸子，内藏心计。立善有征，去过无细，誉集龆日，名成绮岁。亦既来仕，绰有馀晖，司纶/载穆，典礼无违。四张蕃旆，再袭戎衣，谋从效立，政缉民归。入管衡石，出参舆辇，抑扬独行，推察众/善。前疑罔滞，后车自辨，行作士模，德为民鲜。论道纬国，允属邦良，应兹后命，衮衣绣裳。作镇雅俗，/邦家之光，于何不淑，折栋摧梁。伊昔宴喜，相乐时暇，顾眄生荣，剪拂增价。留连美景，徘徊良夜，好/音自留，清颜永谢。庭除已蔓，宾游稍断，凄凄祖彻，掩抑铙管。哭声何遽，挽声弗缓，座上无留，尊中/自满。昔忻有遇，谬忝为容，延誉朝宰，译意民宗。霜凝陇柏，风鼓寒松，公知必至，独恨无从。/元妻侍中太常文贞公彭城刘芳第二女，字幼妃，未期而亡。又娶丞相江阳王继第三女，字阿/妙，薨于穰城。又娶太傅清河文献王第三女，字季聪。（赵超《汉魏南北朝墓志汇编》，天津：天津古籍出版社 2008 年版，第 350 页。）

北齐

○轻车将军考功郎中李君墓记（此志已流失，幸存拓片）

曾祖承，雍州刺史。祖韶，司空公。父瑾，齐州刺史。

【左侧】轻车将军考功郎中李君墓记

【正面】君讳倩之，字曼容，陇/西狄道人。年卌七，齐/天保十年，岁次己

卯 / 七月丙辰朔廿日乙 / 亥廿二日殡十里候 / 东北第四弟墓西。

【右侧】妻太原王氏。息华炀，年十八。息华聚，年十四。

○李华墓志

【志盖】阙

【铭文】齐郎中令索勇妻故李夫人墓铭

夫人讳华，字遗妃，陇西狄道人也。/ 氏出世功，字因事改。文明国录，义炳家传。祖龙，南阳太守。父显，豫州 / 别驾。夫人藉训风猷，承教师氏。四 / 德弗违，六行兼举。婉约之容，禀自 / 天性。暨标梅在七，来宜君子。箕扫 / 之敬，逸响于朝堂。方欲教被他宗，/ 化霑同室。理应成兹妇道，克终母仪。何期三八之年，收光早世，其日 / 天保二年五月之晦也。粤皇建二 / 年二月丁丑朔八日甲申附窆于 / 呈勇之窕域，陈新妇百年与同葬。（王连龙《新见北朝墓志集释》，北京：中国书籍出版社 2013 年版，第 120 页。）

北周

○大周使持节柱国大将军大都督原泾秦河渭夏陇成豳灵十州诸军事原州刺史河西桓公（李贤）墓志铭（天和四年五月二十一日）

【志盖】大周柱 / 国河西 / 公墓铭 /

【铭文】

大周使持节柱国大将军大都督原泾秦河渭夏陇成豳灵十州诸军事原州刺史河西桓公墓志铭 / 公讳贤，字贤和，原州平高人，本性李，汉将陵之后也。十世祖俟地归，聪明仁智，有 / 则哲之监，知魏圣帝齐圣广渊，奄有天下，乃率诸国定扶戴之议。凿石开路，南越 / 阴山。竭手爪之功，成股肱之任。建国擒拔，因以为氏。公即平凉府君之孙，司空公 / 原州史君之子。温恭之性，禀于自然，仁恕之心，非关师奖。风雨不能移其操，喜愠 / 未尝形于色。乡党许其远大，宗族称为万顷。故能开其仪府，同斯铉望。再莅河州，/ 三居本牧。拥节巴湘，作监军于江外，利建茅社，启土宇于河西。分竹敦煌，仍专万 / 里之务；褰帷兆岳，兼总六防之师。践境临民，每有来苏之咏；秩满旋阙，咸垂去思 / 之涕。若夫弹冠结绶，卌有七年；披坚陷敌，廿有一战。遂得声齐细柳，功超大树。既 / 联光于八宿，亦何殊于万户。魏武君臣失和，乃眷西顾。太祖清扫关辅，以俟銮 / 跸。令公轻董千骑，奉迎六军。行次西中，便得朝觐。于时疾风之始，非无去就。公受 / 诏居后，实有殿功。盖闻积善之家，必有馀庆。故官爵隆于四世，子孙茂于八凯。略 / 叙一门之中为柱国者二、大将军者三、开府者七、仪同者九、孤卿者六、方伯者十 / 有五焉。至于常侍、侍中之任，武卫、武率之职，总管、监军之名，车骑、骠骑之号，冠盖 / 交错，剑佩陆离，胡可称矣。太祖以皇帝春秋寔富，齐国公年在幼冲，令公挟 / 辅，义高师尚。故始纳元妃，便当贺禭之礼；龙飞大宝，遂有合家之锡。方欲盐梅九 / 鼎，论道三槐。日车未悬，山颓奄及。天和四年岁次己丑三月廿五日薨于长安，时 / 年六十有六。其年五月己丑朔廿一日己酉葬于原州西南陇山之足。皇帝追 / 保弼之勋，不拘恒例，爰降神笔，特赠柱国大将军原泾秦河渭夏陇成豳灵十州 / 诸军事原州刺史，谥曰桓公，礼也。夫人宇文氏，婉娩嫔风，优柔母德。草尘未永，薤 / 露先悲。朝云已没，夜台多稔。龟筮既从，别开埏茔。是日迁伉俪于蒿里，合双魂而 / 同穴。惧黄壤之不恒，勤清徽于铭志。/ 惟岳降神，诞兹哲人，方金为铣，比玉称珍。少年提剑，弱龄缙绅，戈麾落日，马逐秋 / 尘。功扬六辅，声溢三秦，团团青盖，浵浵朱轮。桂仍舒馥，山方垒仁，翻颓百刃，奄落 / 三春。帝忆枌榆，客思乡里，柩辞京阙，魂归桑梓。迁其伉俪，同斯岩趾，白杨合拱，清 / 徽永矣。/ 世子端，使持节车骑大将军仪同三司大都督甘州刺史怀德公。/ 次子吉，平东将军右银青光禄大都督。/ 次子隆，使持节车骑大将军仪同三司大都督适乐侯。/ 次子轨，师都督升迁伯。次子询，都督左侍上士。次子諲。次子纶。/ 次子孝忠。次子孝礼。次子孝依。次子孝良。次子抱罕。（1983 年出土宁夏固原，见《文物》1985 年第 11 期《宁夏固原北周李贤夫妇墓发掘简报》。）

○徒何纶墓志

【**志盖**】周故河 / 阳公徒 / 何墓志

【志文】

周故使持节骠骑大将军开府仪同三司大都督洛凤兴三州诸军事三州/刺史河阳郡开国公徒何纶墓志文/

君讳纶，字毗罗，梁城郡泉洪县人。系本高阳，祖于柱史，声雄赵北，气盖陇西，/提汉卒而上兰山，驱燕丹而度易水，为天下之模楷，流孝 于乡闾，旧史絪/缊，于兹可略。曾祖贵，开府仪同三司，履道弘仁，秉心渊塞。祖永，镇西将军，凉/州刺史，河阳郡公，醖藉闲雅，磊落英奇。父弼，太师赵国武公，玉色金声，公才/公望，文以附众，武能威远。君高门重地，逸气冲天，且曰凤毛，是称龙种。初封/安宁县开国侯，食邑一千户。除司门大夫，启闭从时，键苍斯授，转兼小吏部、/迁正。虽叔仁连白，巨源密奏，海内倾心，未方兹日，除车骑大将军、开府仪同/三司、工部、纳言、司会、治计部、司宗。建德三年十二月十六日薨于私第，春秋/卌。初以魏大统十六年赐姓为徒何氏。诏赠洛凤兴三州诸军事、三州刺/史、使持节、骠骑大将军，开府仪同三司、大都督、河阳郡开国公并如故，礼也。/君生荣死哀，备陈徽典，出忠入孝，道冠彝章。详其年居诵日，早闻通理，岁在/星终，便称颖脱，调高世表，韵拔常人。温润韶弘，英标秀举，显仁藏用，博见洽/闻。片言可以折狱，半辞可以送远，岂□三军文武，才赡恙识，四方客刺，一门/遍谈。入典枢机，详平慎密，历状清显，遗美去思。简而易从，约而难犯，坚贞不/可干，峻厉无以夺。隐机省书，口占于百封；弯弧命中，妙穷于一叶。若乃帝王/之术，□□之记，淋傥之荣，纵横之辞。笔散春华，文飞秋藻，虽苞罗精习，著有/余姿。成诵在心，非留思虑，可谓风流名士，恂美具臣者焉。四年岁在乙未正/月丁巳朔廿八日甲申，葬于三原县浊谷原。九京遥望，空想谋身，一顷赐田，/长埋领袖。呜呼哀哉，乃为铭曰：/

系自颛项，源流伯阳，在秦则勇，居汉选良。蝉联冠盖，世挺珪璋，凉州推毂，留/惠芬芳。太师论道，中朝令望，渊哉君子，惟德为基。择言择行，闻礼闻诗，知愉/怀橘，荣迈推梨。学优就仕，俭让以之，高门有阅，严□委积。王曰是禁，告予方/容，或掌铨衡，□□靡僻。六工改制，时瞻水泽，寔允龙作，兼兹会计。尔有肆师，/展□序祭，美见后思，才称多艺。载飞接手，麋兴射丽，芒芒墋黩，滔滔阅流。福 / 兮已倚，生兮信浮，一从丹幕，长归白楸。山台行夜，泉馆方幽，月踰既及，日远 / 届庶。旌麾空引，容卫虚陈，早风开冻，轻云应春。闻寥原野，终悲悊人。 / □妻，广业郡君宇文，世子元、次子善、次子敦，次子礼。（毛远明《汉魏六朝碑刻校注》第 10 册，北京：线装书局 2008 年版，第 278 页。）

隋

〇李和墓志

【志盖】大隋上柱 / 国德广肃 / 公李史君 / 之墓志铭

【志文】

大隋使持节上柱国德广郡开国公李史君之墓志铭 / 公讳和，字庆穆，陇西狄道人也。系曲仁而导绪，阐魏而开基，会稽以秉节流名，汝南以雄 / 风著称。自兹厥后，英贤世袭。祖俨，大将军、秦河凉三州牧、河南王。父辩，镇西大将军、河州 / 刺史、陇西公。令望嘉声，传诸史策。公含璋天挺，禀秀笃生，蹈颜冉而为俦，蹑韩彭而可辈， / 孝友绝人，诚亮有本。魏之末年，政去王室，蝟毛峰起，寓县沸腾。公思极横流，志存匡合，于 / 是拂衣聚众，擐甲治兵，与夏州刺史元子雍同心起义，策勋王府，帝有嘉焉。俄而元树宗 / 支，窃据谯邑，公戎车长迈，不日而平。诏除安北将军、银青光禄大夫，赏功也。寻为大都督、 / 出防徐州。值天子西移，关河路断，公乃崎岖崄岨，归卫乘舆，封新阳县开国伯，五百户。复 / 为持节、安北将军、帐内大都督。窦泰蚁徒，轶我城保；高欢伪类，据我弘农。公负羽先鸣，蒙 / 皮追北，河桥沙苑，功最居多。进爵为公，增邑五百，出为汉阳太守，兼城防大都督。累除车 / 骑将军、左光禄大夫、使持节、车骑大将军、仪同三司、骠骑大将军、开府仪同三司，赐姓宇 / 文。昔轭辂进辞，方闻改族，同乡旧狎，始得移宗，以古况今，独称高视。出为夏州诸军事、夏 / 州刺史。周元年增邑一千，从班例也。改封阐熙郡公，还为司宪中大夫。笃志平反，留情报 / 讞，同景兴之宽恕，有君达之哀矜。改封义城郡公，除洛州诸军事、洛州刺史。褰襜践境，远 / 肃百城，行部露章，申威属县。又改为德广郡公，天和二年，总率洛迁金上四州士卒，纳粮 / 于秭归、信陵二城，而蛮酋向武陵、向天玉等恃险凭山，旧为民害。公因兹耀武，示以威怀，

/ 群蛮凶惧，相继降款。还除大将军，使持节如故。出为延绥丹银四州、大宁、安民、姚襄、招远、 / 平独、朔方、武安、金明、洛阳、源启沦十防诸军事、延州刺史，总管之内，编杂稽胡，狼子难驯， / 枭音靡革，每窥蕃政，有斁边疆。公未及下车，仁声已畅，倾陬尽落，偃草从风。实仓廪而息 / 干戈，劝农桑而变夷俗。就迁柱国，余如故。建德六年，群稽复动，天子以公旧憓在民，遗风 / 被物，率众三万，所至皆平。出为荆淅淮湖纯蒙礼广殷霍郑豫溱十三州诸军事、荆州总 / 管。复为延州总管，加上柱国。细侯再抚，比迹易追，子虞重临，方之何远。公状貌魁梧，腹尺 / 瑰丽，尊君奉上，不二其心，御下临民，有一其德，恭以自基，让以明礼。七札可穿，尝云末艺， / 五行俱瞻，终夜忘疲。献策陈谋，则手书削稿；弼违补阙，则知无不为。而遘疾弥留，奄从怛 / 化，开皇二年四月十五日薨于家，春秋七十七。有诏赠使持节、司徒公、徐兖邳沂海泗六 / 州诸军事、徐州刺史，谥曰肃，礼也。其年岁次壬寅十二月辛未朔廿六日丙申，葬于冯翊 / 郡华池县万寿原。子广达等痛结蓼莪，惧深陵谷，播兹遗爱，用展如疑，乃为铭曰： /

系出高阳，源因柱史，乍分上蔡，时移槐里。赵北称良，汉飞传美，不褰不坠，寔惟夫子。爰始 / 成童，以擅豪雄，回戈舍日，免胄趍风。联翩驳马，宛转琱弓，尺书制敌，雅曰临戎。自此擁麾， / 扬声漠垂，入司貔虎，出总熊螭。有怀退让，秉操谦卑，佳官屡转，好爵频縻。分竹为守，丹帷 / 作屏，胡塞无尘，蛮方载静。麦秀岐穗，禾低同颖，寇君宜□，邓侯难请。从容退仕，偃息田家， / 约游□剑，徐转安车。前驱驷马，后卧鸣茄，方期克壮，遽逐西斜。嗟矣摄生，扃哉人世，颖如 / 石火，危深秋蒂。宿草向蕪，高松行蔽，不有镌勒，孰传来裔。（王仁波《隋唐五代墓志汇编》陕西卷第一册，天津：天津古籍出版社 1991 年版，第 1 页。）

〇齐故轻车将军司徒府骑兵参军李（礼之）君墓志

【左侧】曾祖，姑臧□□□□□□□□□祖韶，司空文恭公。祖母荥阳□□□义秘书监南。父瑾齐州刺史，母范阳卢氏。父□□□□□□□□□□□妻荥阳郑氏字□仪。□□□□□七日同□□□□□之中庶人

齐故轻车将军司徒府骑兵参军李君墓志

君讳礼之，字延州，陇西狄道人也。其在汉世，李广、李陵并为 / 名将，著于前史，丞相蔡君之先也。及永嘉失驭，晋室迁流，六 / 世祖暠，遂霸河右，专主征伐。四世祖仪同宣公宝，以魏德广 / 被，迁居中土。自兹已后，家声日盛，青紫相袭，轩旆成阴。汝南 / 人物之乡，襄阳冠盖之里，不能异也。君少而通慧，廉让有远 / 议。不假德于四邻，岂买名于城市。率中庸之行，弘长者之风。/ 兼兄弟夙孤，赢金有□，崎岖俭约之中，不失和穆之理。食有 / 加味，相得乃飡，衣无常主，易之而出。相博以文，不殊两彦。相 / 友以义，何摧三陈。故见重于人伦，取归于众口。方弦歌下邑，/ 流子贱之风，布政斯民，起史公之术。而贾生早世、辅嗣无年，/ 故邓析恨天道之薄，马迁所以疑报施也。而兄居南楚，弟梦 / 西河。虽伤非奉倩，而痛均伯道，阖棺于吏民之手，受嗲于里 / 尹之位。天保六年，岁次乙亥，七月己卯朔十一日己丑，薨于 / 并州乐平郡乐平县。其年九月戊寅朔八日乙酉，归殡于邺 / 城北十里候东北二里，大冢之东既。室家继殒，双棺俱窆，故 / 述美陈哀，勒铭于此。其铭曰：爵禄为世，公卿有门，载德相踵，/ 传业恒存，如兰在畹，譬玉生昆，耀卿之子，王公之孙，既明且 / 哲，终和以温，人官何否，天爵虚尊，高车未轫，逸羽方骞，黄垆 / 一启，白日已昏，双□指圹，雨绋齐轩，良书卷帙，旨酒停樽，风 / 松自响，草露将繁，士陇为贵，空贻后昆。至隋开皇六年，岁次 / 丙午，十二月丁未朔三日乙酉，安厝于邺西南廿里。【正面】

（近年出土于安阳）

〇齐故尚书吏部郎中光州刺史李（倩之）君墓志铭

齐故尚书吏部郎中光州刺史李君墓志铭

君讳倩之，字曼容，陇西狄道人也。昔柱下真人玄风扇于千祀，山西上将伾烈 / 被于后昆，逯金德不昌，神州委御。六世祖梁武昭王下辇自王，虎啸河右，累叶 / 重光，蔚为冠族。祖韶，魏司空文恭公，果行育德，师范簪带。父瑾，齐州使君。名香 / 文美，没有余辉。君擢秀桂林，含滋兰畹，绾髮趋庭，率由教义，言斯可践，行有余 / 力，不惭内外，无媿卿长，解巾开府参军事。出除明威将军，冀州骠骑主簿。入为/司空主簿，加轻车将军。齐室受终，承华肇建，高选人地，左右少阳。天保初，除太/子洗马，顷之，除阳翟太守，受尚书考功郎。齐文宣威侮五常，沉湎酒德，告人良/士，多遇其灾。君恪居官次，风猷藉甚，瞚息之闲，窸同齿剑。天保九年七月廿日，/终于邺城，春秋卌七。君学涉经史，不守章句，一言靡择，百行无玷，孝友淳深，励/兹薄俗，昆弟雍睦，见贵当时。从舅卢太常、通人邢文兰，虽年齿名级，不翅鴈行，/并揖其家风，重其素行，分庭虚左，若有神期。昔东陵臣盗，享天年之福；上地大/儒，离畏涂之祸。呜呼！遭随踳驳，报施无征。天道茫茫，非适今也。齐天统五年追/赠假节督光州诸军事尚书吏部郎中光州刺史。隋开皇六年，岁次丙午，十二/月丁未朔三日乙酉，安厝于邺县西南廿里。刊石泉门，垂芳来叶。其词曰：海阴/珠浦，春阳玉田，含华独润，韫耀孤圆。高门余祉，士尔宜然。贞情特立，笃行无前。/无愠无憘，不谄不黩。内赞储猷，外毗鼎餗。礼闱具草，韩余剖竹。郎署以清，邦政/斯穆。闻诸达圣，德必有邻。介云玄造，多助善人，展矣君子，生也不良，帝实不谛，/春非我春，大块不仁，小年如寄，冤魂既往，宠章空被，陇结曙霜，松吟晚吹，式刊/黝石，永旌高义。妻太原王氏，祖琼，中书监长侯。父延业，中书侍郎齐州刺史。子/元俭，并州田曹参军。妻博陵崔氏，父季舒，侍中特进开府仪同三司。子武卿，司/州主簿，出后第四叔。妻南阳赵氏，父彦深，侍中司徒公。女月静，适齐州别驾从/事史太原王修。女昭明，适太子仆清河崔拯。女昭相，适给事黄门侍郎范阳卢/思道。女良愿，适阳夏太守荥阳郑蕴。（近年出土于安阳）

○ 李椿墓志

【志盖】大隋开/府河东/公墓志

【志文】

大隋骠骑将军开府仪同三司河东郡开国公故李公墓志铭

公讳椿，字牵屯，陇西敦煌人也。昔刑书始创，皋陶作大理之官，道教初开，伯阳居柱下之职。或秦晋著绩，/或赵魏立功，猿臂之胤克隆，龙门之风不坠。曾祖贵，魏开府、平州刺史、卫尉卿。祖永，柱国、太傅，河阳公。并/殁而不朽，穆叔有嗟，卒而遗爱，孔丘下泣。魏道云丧，周命惟新。推毂绾玺之诚，爪牙心膂之讬，则有太师、/太傅、太保、柱国、大将军、太尉、司徒、司空、赵武公弼，五及之荣，三顾之重。宗承降魏文之礼，常林感晋宣之/拜。公即武公之第七子也，别继叔父大将军汝南公欄之后。公精器早著，风气夙成，七岁推观李之明，九/龄擅对梅之慧。光彩照国，未尚魏后之珍；德仪生庭，不远荆山之璞。慎言敏行，雅合古人，齐物养生，暗同/玄理。池鱼园竹，孝性之所至；原鸟庭荆，友怀之所笃。至若紫囊青帙之典，玉韬金匮之文，莫不究其奥情，/穷其深旨。周元年，玉衡初转，金镜肇开，乃眷绪余，爰锡土宇。公起家以勋胄子，封魏平县开国子，邑四百/户。保定二年，判司邑下大夫。管辖胥徒，薄领繁凑，一官既效，万事皆理。俄除大都督，出镇延州，强虏畏威，/缘边仰化，奸豪于是屏迹，民史于是来苏。周武帝特嘉其能，追入宿卫，授左侍上士，余官、封如故。公言无/可择，行必可师，以义感人，以诚简帝。保定六年，帝深异之，除使持节、车骑大将军、仪同三司，余封如旧。邓/隲之家门阀阅，初作仪同；谢玄之人才明朗，始沾车骑。公之娓此，绰有余荣。属蒲坂旧城，襟带之处，子来/不日，非公莫可。仍以其年诏使修筑朱楼翠观、浮彩大河，危堞崇墉，作固胜部。还，又诏筑羌城，民无劳怨。/建德四年，以大宁艰险，表里戎居，帝思安静，推公作镇。尔其板屋之地，俄见华风；穷发之乡，翻为盛俗。久/之，又追同州监领。暨吐谷浑放命蕃虞，肆凶方面，王赫斯怒，出车关右。乃从储君，星言薄伐，公雄图厝算，/拔萃绝伦，气冠行伍，身先士卒，摧献麋之士，破射雕之人，丑类涤除，公有力矣。凯旋，以功赏奴婢一十三/口，绢布一百匹、粟麦一百石。五年，周武帝平齐，仍居偏将。讲指而陈成败，借箸而画是非。所向无前，咸推/第一。曩者，秦龙吞国，元籍起、翦之功；晋马浮江，终申祜、预之策。论公效绩，与彼俦焉，仍留镇相州，进爵为/伯。宣政元年，序勋，特封河东郡开国公，邑贰迁户。大象元年，入为左少武伯下大夫。二年，累迁上仪同大/将军、左司武中大夫。十月，又转右宫伯中大夫。公志性鸣谦，劬劳闱壶，闻车而知蘧瑗，听履而识郑崇。奉/璋峨峨，执珪济济，得人之美，不其然乎。俄以木德既衰，邦家殄瘁。 皇上龙潜，纳麓豹变，登庸九洲，父老/咸憘，三章之令，四海文才，皆就八纮之纲，于是彝伦有序，荣命宜升。其年十二月，除使持节、开府仪同大 / 将军，余封如故。大隋建极，海内清荡，以漳滏经离，风尘始灭，眷言抚压，是属勋贤。开皇二年，敕领东 / 土相州十二州兵。公不事不为，有文有武，恩以接下，清以奉上，扬善唱恶，昭德塞违。既奖射御之能，兼敦 / 礼教之事，闾阎仰为慈父，行路号曰多奇。十年，授骠骑将军，余官、封、领如旧。十二年，公以久居蕃部，思谒 / 帝阍，诏许入朝。高车旋轸，贾谊之见汉后；语德未惭，吴质之对魏皇。论交莫尚，以开皇十三年正月廿 / 七日遘疾，薨于京师之永吉里第，春秋五十。越以 大隋开皇十年岁次癸丑十二月丙寅六日辛未，厝 / 于孝义里地。惟公世挺国华，家传朝栋，连衡许史，造迹袁杨。志识雄明，神情闲旷，以名为貌，用仁为里。威 / 仪恬惔，万顷之波澜；道行芬芳，九畹之兰蕙。平叔之面，与粉不殊；夷甫之手，与玉无别。从殷入周，自楚归 / 汉，轩轺交映，青紫垂阴。可谓克荷贻孙，始终宾实者也。既而琼瑰入梦，辰巳居年，传兑有灵，管辂无寿。西 / 园风月，徒自凄清，东阁宾僚，俄成萧索。呜呼！嗣子匡世、匡民、匡道、匡德、匡义等并立身以仁，终身以孝，卢 / 坟永叹，陟岵长哀。既感许孜之松，还变王褒之柏。故吏姬素等，恐丁公无传，卒如陈寿之言；郭生有道，须 / 屈蔡邕之笔。乃讬旧宾为铭，云尔：/

真人舒气，仙士浮舟，英灵弈叶，轩冕聿修。十卿万石，七贵五侯，贾室虎聚，王门凤游。惟公挺秀，实贻良冶，/ 玉润金声，河流汉写。器苞武略，才兼文雄，赎士脱骖，迎宾置马。承家继世，出内勋绩，紫阁屡陪，丹墀频历。/ 折冲边鄙，调和戎狄，黄阁遂开，朱门乃辟。齐秦各帝，楚汉争衡，尘飞城濮，瓦落长平。将军坐树，主薄披荆，/ 拜爵建土，书功立铭。日月重光，乾坤合德，逢云遇雨，攀鳞附翼。上将升坛，高骧述职，边垂剑影，桃开绶色。拥 / 旄虎涧，秉节龙山，威恩被矣，民俗肃然。开城静柝，权候无烟，一方咸戴，天子称贤。藏舟易徙，流晷难驻，薛 / 台已倾，徐坟无遇。杏坛寂寞，竹林烟雾，麾下罕存，故人时赙。荣华如昨，身势俄已，丹旐路穷，白杨风起。遄 / 遄岸谷，骤变朝市，千载佳城，万年君子。（王仁波《隋唐五代墓志汇编》陕西卷第三册，天津：天津古籍出版社 1991 年版，第 3 页。）

○ 李椿妻刘琬华墓志

【志盖】大隋故开府/仪同三司骠/骑将军河东/公李府君夫/人刘氏墓志

【志文】

隋故开府仪同三司骠骑将军河东公李府君妻刘氏墓志/

夫人讳琬华，中山安喜人也。昔文思稽古，唐帝以火历登天；郁起大/风，汉高以炎精肇运。岂止朱光赫弈，白水龙飞，景命蝉联，岷山凤跱，/而照彰日月，其能已乎。祖敬夏，本州别驾，蒲阴侯。器宇高冲，英猷峻/远。父贞，光禄勋、定州刺史、西郡文公。垂范经国，宏图伟世。夫人禀精/明月，濯彩遐源，藻映柔仪，芳凝阴德。灼灼耀闺房之秀，肃肃振松下/之风。望寒筠以齐贞，并冬冰而共洁。流镜图史，令淑神姿，宪章彤管，/幽闲雅操。秉兹蒸烛，心有慎微，御以温凉，容无喜愠。览葛覃之咏，躬/勤浣濯；吟绿衣之篇，劬劳紃组。词发椒花之颂，文擒秋菊之铭。浩浩/歌音，深明宁戚之志；辚辚车响，悬知伯玉之恭。而蕙问川流，兰徽渊/塞，含光窈窕，君子求思。秦晋匹焉，俪兹华族。即太傅、柱国大将军、河/阳公之孙，太师、魏武公之第七子，开府仪同三司、河东公李府君之/命妻也。而告旋师氏，百两言归。砥六行而睦姻亲，砺四德而弘辅佐。/固以夙兴夜寐，受襟离于阶上；沼沚采蘩，申庄敬于牖下。中馈斯劭，/内政克宣，蹈礼鸣谦，寔邦之媛。既而良人早没，衔恤未亡。佩柏舟之/诗，同恭姜之誓。遂断机贻训，徙宅从仁，藐是诸孤，义方圣善。昔文伯/之母，谅可同尘，田稷之亲，曾河异轨。庶膺眉寿，以保遐期，而绛雪无/徵，紫霜空验。春秋六十有四，大业三年闰三月四日遘疾，薨于京第。/以六年岁次庚午癸亥朔正月廿日，葬于蓝田县童人乡之山。窃以/陵虚谷满，海变山飞，勒百龄之芳德，插千载之清辉。乃为铭曰：/

鸿源遐峻，稽古帝唐，炎汉膺历，神基载昌。山浮紫气，室照朱光，晻蔼/嘉祉，精爽灵长。秀出柔仪，懋兹淑令，孝爱天真，温恭率性。絺綌勤劳，/苹蘩庄敬，雪照松贞，兰芳渊映。荣耀中谷，在河之洲，幽闲窈窕，哲问/川流。我思辅佐，君子好俅，闺凝懋德，室美徽猷。天长霞促，电逝川惊，/芳襟雾委，静树风生。萋萋绿野，郁郁佳城，幽埏永暗，陇月空明。（王仁波《隋唐五代墓志汇编》

陕西卷第三册，天津：天津古籍出版社 1991 年版，第 9 页。）

○成公蒙及妻李世晖墓志

【志盖】成公 / 府君 / 墓志

【志文】

隋故成公府君墓志铭序君讳蒙，字永锡，东郡人 / 也。世诞才子，偃仰茂林之中；族出仙人，飞翔华岳之 / 上。岂直常山誓旅，方识英贤，鱼岭逢车，始知神女而 / 已。祖康，长都督州主薄。父檦，凉城郡平正。君少而聪 / 敏，禀自生知，志气纵横，盖资天性。弯弧写月，云间落 / 雁之功；抚剑如霜，竹林遇猿之术。释褐皂服从事，转 / 户曹参军事，复从法曹参军。魁岸雄杰，爰登卿望之官； / 风力高明，乃践蕃僚之位。俄迁武威郡，寻除大城、力乾二 / 令。恤民以惠，神雀来仪；布政以勤，嘉禾滋蔓。兼深该六 / 度，洞晓三乘，大启信心，弘斯憘舍。而惊波易逝，隙影难 / □，春秋七十有四，开皇四年岁次甲辰三月五日卒。夫人 / 讳世晖，陇西李氏。祖造，凉州长史；父善，武安军主。夫人 / 克宣令淑，贞质幽闲，德被公官，声流彤管。天道茫昧，与 / 善无征，粤廿年十二月廿四日薨，时年七十。以大隋仁 / 寿元年太岁辛酉三月甲申朔廿十六日己酉合葬于 / 姑臧县显美乡之药水里。天地长久，陵谷迁移，述此 / 芳徽，扬名不朽。其词曰：宗源渺渺，苽瓞绵绵。风流 / 誉望，世有仁贤。显允夫子，芳洁华鲜。温慈孝友，玉润 / □□。□□□赋，民吏歌传。室家贞吉，柔顺姝妍。如何不淑，共 / □□□。□□□首，月照松帷。佳城郁郁，三千有期。（20 世纪 70 年代出土于武威，见《文物》1993 年第 10 期《甘肃武威发现隋唐墓志》。）

○杨氏妻李淑兰墓志

【志文】

夫人字淑兰，陇西成纪人也。极玄宗而启教，道盛姬周；尽 / 地利以大规，功宣毕魏。岂止西都丞相，以中律而总万机，/ 东京司徒，以潜谋而敷五教。蝉联史册，可略言焉。曾祖崇，/ 使持节、幽州刺史、太尉、固安襄公。祖璞，安东将军、雍州刺/史、宜阳穆侯。父蕴，镇西将军、尚书左丞、幽州刺史。夫人夙/资蕙性，朵发柔明，幼秉兰心，髫年婉顺。年十有九，归于杨/氏。杨氏，华阴盛族，四公余庆，秦晋斯匹，穆是推轮。夫人二/天既移，三星已夕，躬亲紃组，手进饘酏。时周室权舆，世属/驰骛，而杨氏执法端朝，缉熙庶绩。虽君子之夙夜，亦哲妇/之忧勤。大统十五年三月，策拜思宁郡君，从夫秩也。昔者/公臣之妻既建茅土，功□之妇亦启山河，望古畴今，异代/同荣。以大隋开皇元年八月五日遘疾而亡，春秋八十一。/呜呼哀哉！夫人吐秀芝田，含芳桂薄，贞逾琬琰，皎若渊泉，/规矩合于女师，识达称为博士，四德聿遵，二门雍穆，所谓/有礼有节，协和内外者乎！今以大业三年太岁丁卯十一/月丙午朔四日己酉，迁祔于先茔，礼也。龟谋既从，远日斯/洎，凑黄肠之一启，即玄堂而永閟。呜呼哀哉，乃为铭曰：/

丞相夫人，司隶令室，妇有内修，是策外弼。维此淑懿，颟若/画一，辅佐君子，虔恭中馈。笄纵无违，衔环有节，北面何曾，/如宾郤缺。天迴地游，日来月迭，始嗟异世，俄悲同穴。露草/晨光，风松夜澈，一代贤姬，千岁贞节。石泐金主，流芳永哲。（王其祎、周晓薇《隋代墓志铭汇考》第三册，北京：线装书局2007年版，第286–288页。）

〇李虎墓志

【志盖】隋上州/刺史李/君墓志

【志文】

大隋使持节骠骑大将军开府仪同三司顺政公上州刺史/李府君之墓志铭/

公讳虎，字威猛，陇西成纪人也。昔高阳氏之苗，秦将□之后/矣。厥生树下，而因李姓焉。徙自陇西，遂称今族，固知长河□/地，津泽于是派流；高枝拂汉，垂阴以之布□。□□□陇西□/台爵之孙，周陇东太守宝之世子也。公乃□□□□，风警异/伦，弱冠英声，绰有不群之誉。为生敬让，仁恕表于家邦；立□/弘慈，令闻范于朝野。起家徵授仪同三司，兼除秦州清水本/郡太守。公实涉猎经史，未肯淳儒，奇略异端，不独专武。既其/跨蹑行阵，按剑盱衡，乘机振檄，规模抵掌。寻迁授开府，并封/顺政县开国公，上州诸军事，上州刺史。此地营樔崄岨，蛮左 / 杂居，汉蜀交川，民情麁犷。公乃德刑并设，风教始行，威□俱 / 申，大扬流俗。尔乃方膺毗讚，翼亮王猷，岂谓兰桂早彫，琼枝 / 先折。公春秋七十有二，以建德六年十月八日，奄薨于京 / 第。以大业二年岁次丙寅正月　朔十八日癸酉，葬于秦 / 州清水县内莎乡里之原。昔武侯亡蜀，仲达犹惧遗风； / 管氏丧齐，小伯请其付国。呜呼哀哉。将恐山颓谷徙，海变桑 / 田，刊此玄铭，其辞云尔。/

汪波万顷，洪基千刃，帝子之苗，公侯之胤。琼枝玉叶，桂苑兰 / 丛，家传芬馥，世播芳风。乃祖乃父，蝉联弈叶，唯子唯孙，轩车 / 相接。匡家佐国，剑珮连辉，褰帷作牧，震惊于飞。五福不徵，三 / 灵倏逝，俄然风烛，奄从人世。神魂眇邈，有去无归，百年长往， / 千载可追。（王其祎，周晓薇《隋代墓志铭汇考》第三册，北京：线装书局 2007 年版，第 171–174 页。）

〇李静训墓志

【志盖】隋左光 / 禄大夫 / 女墓志

【志文】

隋左光禄大夫岐州刺史李公第四女石志铭并序 /

女郎讳静训，字小孩，陇西成纪人。上柱国幽州总管壮公之孙，左光禄大夫 / 敏之第四女也。族纂厉乡，得神仙之妙；家荣戚里，被日月之晖。况复淑慧生 / 知，芝兰天挺，誉华髫发，芳流鞶悦。幼为外祖母周皇太后所养，训承长 / 乐，独见慈抚之恩；教习深宫，弥遵柔顺之德。于是摄心八解，归依六 / 度，戒珠共明珰并曜，意花与香佩俱芬。既而繁霜昼下，英苕春落， / 未登弄玉之台，便悲泽兰之夭。大业四年六月一日，遘疾终于汾源之宫，时年 / 九岁。 / 皇情轸悼，撤县辍膳，频蒙诏旨，礼送还京，赗赙有加。以其年龙集 / 戊辰十二月己亥朔廿二日庚申，瘗于京兆长安县休祥里万善道场之内。即于坟 / 上构造重阁。遥追宝塔，欲髣髴于花童；永藏金地，庶留连于法子。乃为铭曰： / 光分婺女，庆合天孙，荣苕比秀，采璧同温。先标令淑，早习工言，生长宫闱， / 恩勤抚育。法水成性，戒香增馥，金牒旦窥，银函宵读。往从舆跸，言届河 / 汾，珠涓润岸，镜掩轻云。魂归秖阁，迹异吴坟，月殿回风，霜锺候晓。砌凝 / 阴雪，檐悲春鸟，共知泡幻，何嗟寿夭。

（中国社会科学院考古研究所《唐长安城郊隋唐墓》，北京：文物出版社 1980 年版，第 25–28 页。）

〇李世举墓志

【志文】

齐瀛州司马新兴郡守故李府君墓志铭 /

君讳字世举，陇西狄道人也。周兴柱下，夫子有 / 见龙之辞；汉立将军，宛城起输马之怖。复有入秦 / 上策，帝主谘谋，在魏称师，文侯下轼。祖韶，冀州刺 / 史，嶷秉人伦。父瑜，光禄大夫，爵为朝栋。君幼能枢 / 对，似登元礼之门；少有宏才，若在杨雄之室。齐武 / 平二年，任新兴郡守，遂使飞蝗出境，猛兽浮河，乌 / 宿时厅，民加厚慕。至四年，转任瀛州司马，智方泉 / 涌，决断如流，蕴素德于匈怀，起清风于衿袖。何谓 / 灾生四大，疾变两童。武平六年卒于任所，春秋五 / 十有七。夫人卢氏，即是幽州刺史卢司空之女，不 / 幸早终。继室邢氏，夙以悲圹。后娉崔氏，复成长往。 / 今以大业六年岁次庚午正月癸亥朔廿日壬午， / 合葬于魏郡邺县野马岗白塔村南一里。呜呼哀 / 哉，乃为铭曰：智宏周室，德播秦宫，陇西 / 帝族，塞北英雄。世融冠盖，裔起高风，爵为朝栋，盛 / 矣无穷。其一。惟君杰起，志怀高上，黎首钦承，群官觖 / 望。策迈匡衡，才过刘向，素叶芳猷，风流俶傥。其二。哲 / 人去世，在叹弥深，隋珠永没，弁宝方沉。风悲陇柏， / 鸟泣松林，三齐一圹，实乃伤心。（王其祎、周晓薇《隋代墓志铭汇考》第四册，北京：线装书局 2007 年版，第 31–34 页。）

唐

〇唐故济州别驾李府君墓志铭

【志盖】阙

【铭文】

唐故济州别驾李府君墓志铭并序 / 公讳君绚，陇西狄道人也。高阳之绪，庭坚之裔，佐命于尧，因 / 官赐氏，冠冕搢绅，昭著图牒者也。曾祖虔，银青光禄大夫、兖/州刺史、骠骑大将军、赠冀州刺史，谥景公；为国之栋梁，佐时/之羽翼。祖皓，散骑侍郎、征虏将军、凉州刺史；高庸懿绩，当世/所推。父士操，安东将军、南兖州刺史、梁郡太守、富平县开国/子；英声茂实，光映朝府。公夙挺珪璋，早能砥砺，奉亲以孝，事/长唯恭，金玉相晖，克隆前构，解褐荆州司仓。大业之初，任彭/城郡司户。属隋运道销，寇盗蜂起，怀集有方，吏民安息，转任/彭城县令。皇祚肇兴，拟西徐州刺史。武德四年，敕授/济州别驾。公宏谋远略，王佐之材，梁悚之志未申，士元之足/将骋。在公贞干，治术闲明，历宦驱驰，并著庸绩。方俗跃鳞沧/海，矫翼云霄，未及搏空，风力已尽，武德五年五月十日遘疾，/终于官舍，春秋六十有五。以贞观廿三年岁次己酉十二月/辛未朔，十二日壬午子迁窆于河南偃师县之西原。恐陵移/谷徙，事绝名沉，敬勒徽猷，式昭鸿烈。乃为铭曰：/

高阳茂绪，庭坚盛宗，因官赐姓，铸鼎铭功。世称模楷，奕叶光/融，冠冕相继，徽音克隆。其一。 积善励德，载诞哲人，摩霄振羽，冲/波跃鳞。门资良冶，家有搢绅，笔华喻蜀，词高剧秦。其二。 鉴同许/郭，行侔曾史，价重珪璋，名高杞梓。功业未就，遽归蒿里。教迹/空存，音容莫视。其三。丹旐冒露，素盖排空，松寒月冷，陇暗尘红。/有子纯孝，长号树风，恨泉门之永闭，痛玄夜之难终。（周绍良，赵超《唐代墓志汇编》，上海：上海古籍出版社 1992 年版，第 123 页。）